# 沖縄文学の沃野

仲程昌徳著

ボーダーインク

沖縄文学の沃野／目次

# 1　詩歌の章

# 新しい美意識の登場

## ――明治琉歌の見出したもの

谷知子は「花と月の和歌」[1]の項で「春といえば桜、秋といえば月というように、桜と月は日本を代表する自然の景物で」あり、「和歌においてもそれは同じで、厖大な量の歌が詠まれて」いると述べていた。

「景物」というのは、「四季折々に賞翫ある物」をいい、「花郭公《ほととぎす》月雪を四個の景物といひ、紅葉を加へて五個の景物」というと、一九五九年刊行された早川丈石編『俳諧名目抄』にあるそうだが、宮坂静生は、「季語はどのように生まれたか―和歌の時代」[2]の項で、その箇所を引いて、「いずれも古来賞翫され、重視されてきた季語である。とりわけ花・月の二つの景物を賞美する思いは今日に至るまで日本の詩歌史を貫く動脈として忘れがたい」と述べていた。

「日本の詩歌史を貫く動脈」とされる「花・月の二つの景物」は、また、沖縄の伝統的な詩歌の世界についても言えることであり、それは、これまで刊行されてきた詩歌集に見られる通りである。

花も月も、確かに数多く詠まれてきたのだが、「月に関しては」として、宮坂は、「雪や花よりも古くから人間の生存と関わりが深かったと思われる」として、月が「地母信仰」と深い関わりのあることを上げ、「雪月花と称される景物の中でも月が格別のものとして注目される」由縁であると、論じていた。

また、久保田淳は、「天体のうちで月ほど多く和歌に歌われているものはない」といい、太陽や星の歌に較べ「月の歌が圧倒的に多い理由」として、月の満ち欠けが、「日の累積としての時間の尺度とされる」ようになったことから「人間は月に最大の関心」を払ったはずであり、「太古の昔から、人間にとっては、天文学的にではなく心理的に、月の方が太陽に比してずっと近い距離にあったと思う」と「月と人との親和関係」をあげていた。[3]

○

和歌で多く詠まれた月は、琉歌でも数多く詠まれているが、勿論、秋の月ばかりが歌われていたわけではない。

『古今琉歌集　上巻』春の部に

昔から月や秋とてやりいゆすが　はるやはなの上にてるかきよらさ（尚育王）

という歌が収録されている。

歌は、花の上に照る春の月も美しい、というもので、それは、次のような歌を踏まえて歌われたものであるにちがいない。

秋の夜の御月雲晴て今日や四方に照渡る影の清さ

秋の夜の月の美しさをうたった一首で、『琉歌百控　独節流』十一段、立雲節の項にとりたてられたものである。

そして、明治四二年には、次のような歌が作られていた。

庭に置く霜も玉のこと照らち秋よりも月のかけのきよらさ（比嘉賀徳）

これは、冬の月の美しさを讃えた一首だといっていい。

宮坂によれば、年中見られる月が「秋を代表する景物と定まったのが『金葉和歌集』で、「以後『千載和歌集』『新古今和歌集』でも、月は秋のものとして、秋の部にはいっている」というが、『古今琉歌集』の歌は、そのことを良く示すものであったと言えるだろう。

『古今琉歌集』の歌は、しかし、「月は秋のもの」であるということに同調していたわけではない。『琉歌百控』の歌は、「月は秋のもの」であるということを真っ当に受け止めて歌われたものであったが、『古今琉歌集』の歌は、それに抗するかたちで春を持ち出して歌われた歌で、明らかに『琉歌百控』所収中の歌を意識して歌われていたといえる。そして明治末期に新聞に掲載された歌も、「月は秋のもの」ではなく、冬のものであると、これまた『古今琉歌集』の歌とも異なる季節を持ち出していた。

冬の月に関しては「新古今時代は冬の月が愛好された」[4]ともいわれ、時代によって美意識の変化が見られるということもあるが、月を歌った琉歌三首について言えば、『琉歌百控』の作者から『古今琉歌集』の作者へ、そして明治四二年の琉歌作者へと、時代が下るに従って、月が新しい色合いを帯びて詠まれていったことが分かる。

○

琉歌は、先にあげた三首がそうであったように、美しい対象を「きよらさ」と歌い上げていた。「きよらさ（清らさ）」は、「美しい。華やかに美しいさま。立派なさま。みごとなさま。」と『沖縄古語大辞典』[5]にある。「きよらさ」は、沖縄の美意識を考えていく上でこれ以上ない鍵語であるといえるわけで、「きよらさ」を用いて歌われた歌を拾い出していくことで、琉歌作者たちの美意識がどのように変化していったか見えてくるはずである。

そのためのテキストとして、『琉球新報』[6]明治三二年から四五年、『沖縄毎日新聞』明治四二年から四五年にかけて発表された新聞掲載作品を使うことにするが、近代沖縄の琉歌作者たちが、どのような〝美〟を発見していったか探っていくためには、それ以前の琉歌を見ておく必要があるかと思う。そこでまず『琉歌百控』及び『古今琉歌集　上巻』に収録された歌で、「きよらさ」の用例が見られる歌を順に取りあげていくことから始めたい。

まず、「きよらさ」を結句とする歌から見ていきたい。

『琉歌百控』には、次のような歌が収録されていた。

瓦屋森登て那覇港見れは恋し釣船のなたる清さ
二三月の夜雨時々よ違ぬ苗代田の稲や色の清さ
莆の若莆や笠張ての美さ竹の若竹やまく結美さ
恩納岳登て押下り見れは恩納宮童の手振清さ
八月の十五夜そなれやい見れは天久白浜の月の清さ
四方も□《となどな》と豊なる御代や□《もたえ》茂て□《月》の美さ
世界や物音も啼鳥の声もすみて有明の月の美さ
あかへさん走り突明い見れは庭の白菊の咲る清さ
秋の夜の御月雲晴て今日や四方に照渡る影の清さ
夜嵐に空の浮雲も晴て澄渡て照そ月の美さ
面て花咲ち艫に虹引ち嘉例吉の御船の走か清さ
百敷の庭に枝も葉も繁て翠差延る松の美さ

押風も今日や心あて更め雲晴て照そ月の美さ
□《(十)》五夜照る御月名に立ることに四方に澄渡る影の清さ
白菊の花の露の玉請て磨け照り増る月の清さ

『琉歌百控』六〇二首のなかで「きよらさ」を結句にしている用例は、以上の通り一五首だけである。そして、何を「きよらさ」と歌っているか見ていくと「釣船」「手振」「稲」「若莆」「若竹」「月」「白菊」「御船」「松」といった九種だけになる。

「きよらさ」を結句にしてない用例としては、

のかいそちめしやうる月も照清さ暁よともて鳥やなちよら
流よる水に淪は立て花の色清さ拯て見ちやる
伊集の木の花やあか清さ咲ひ予ん伊集成て真白咲な
詠てもあかぬ咲梅の美さ鶯に成て朝夕吸な
月も照り清さ糸尋り童露の玉拾て貫ひ遊は
月も照清さ花も匂しよらしや押風も涼しや出て遊は
押風に靡く庭の糸柳姿色清さ見欲計り
夏の夜の今宵押風も涼しや照る月も清さ出て遊ば

道路の清さ[7]世の中の盛り余多御万人も寄て慶喜
咲出たる花の色清さあれは匂写さ思て御側寄る
押風に靡く庭の糸柳姿た色清さ見欲計り
沙汰しゆら今宵照る月も清さ無蔵が俤の立よ増て
稀に咲出たる紙内の花や見れは色清さ塩らし匂ひ
名に立る今日は月影も清さ思童誘て詠欲舎の

といったのがあり、そこには「花」「伊集」「布」「梅」「道路」「糸柳」といったものが「きよらさ」の対象として詠まれている。

次に、『古今琉歌集　上巻』に見られる「きよらさ」だが、同書は、春・夏・秋・冬・恋・仲風・雑の部立てからなり、一七〇〇首の歌が収録されている。

春の部には、

昔から月や秋とてやりいゆすかはるやはなの上にてるかきよらさ
春のやまかわやはなのみつかゝみいろふかくうつるかけのきよらさ
みとりさしそへてはるかせになひくにはの青柳のいろのきよらさ
嬉しさやめくてはつはるになれはみとりさしそえる松のきよらさ

夜明けしら〳〵とにはのましうちにつゆかめて咲るはなのきよらさ
打わらて咲るあさかおのはなにつゆのしらたまのかゝるきよらさ
にしきうちましりにはのましうちにつゆうけて咲る花のきよらさ
にはのましうちにつゆの玉うけてしほらし匂立るはなのきよらさ
みれはうれしさやにはのましうちに露ふくてはなの咲るきよらさ
あさことにみれはつゆうけてはなのうちわらひ〳〵咲るきよらさ
おみなしかやゆらいつよりもまさてはなの影うつすつきのきよらさ
すみてなかれゆるはるのやまかわにちりうかふ花のいろのきよらさ

といった歌があり、「きよらさ」を結句にしてないのでは「はつはるにむきてすさつはなみれははなも咲きよらさなりもしきさ」がある。

夏の部には、

春すきて夏にたちかへてさきゆるでぐのくれなゐのはなのきよらさ
夏くれのすきてつゆのたまむすふ庭のなてしこのはなのきよらさ
わかなつかなれは野辺のもゝくさの押かせになひくいろのきよらさ
たちよやひみれは穂はな咲そろておすかせになひくいねのきよらさ

みれはうれしさやこなし田の稲のまたまよりまさて粒のきよらさ
見れはうれしさや世かほよの稲のうちなひち〳〵なひちきよらさ

といった歌があり、
秋の部には

名にたちゆる今宵くもりないんあれはみつもたま鏡かけのきよらさ
押かせもけふやこゝるあてさらめ雲はれてゝらすつきのきよらさ
空はれて今宵ありあけのつきもすめてゝりまさるかけのきよらさ
てるつきのかけにいろやますかゝみみかゝれて咲る菊のきよらさ
あかひさんはしりつきやけやいみれはにはの白きくの咲るきよらさ
あきやいろ〳〵のきくのはなさかりにしきうちましり咲るきよらさ
思なしかやゆらけふのつきしらやいつよりもまさてかけのきよらさ
うれしこと菊のはなにやとかゆるつゆの玉みかくつきのきよらさ
秋ことにみれはにはのませ内につゆうけてさきやる菊のきよらさ
秋のもゝくさの葉紅しゆる中にうちわらて菊のさきやるきよらさ
秋のもみち葉のいろよりもまさてうれしこと菊のさきやるきよらさ

ありあけのそらや雲霧もはれてすみて照るつきのかけのきよらさ
この秋や君かうれしことききくのいつよりもまさてさきやるきよらさ
夜明けしら〳〵とつゆのたまかみてにはの朝顔のさきやるきよらさ
誰す織なちやかもみち葉のにしき春のはなよりもいろのきよらさ
名にたちゆるけふや雲霧もはれて照りわたるつきのかけのきよらさ
さやかてりわたるつきにみかゝれて薄葉にかゝるつゆのきよらさ
めくてあきくれはおすかせとつれて飛わたる雁のなたるきよらさ
あきのもみち葉の二色よりまさていろ〳〵の菊のさきやるきよらさ

といった歌がある。「きよらさ」を結句にしてない歌としては「いそくみちよとて見るほともきよらさ内兼久山のはきのもみち」「月もてりきよらさいとかまいれ童へつゆのたまひろてぬちやいあそは」「名にたちゆるけふや月かけも清さおみ里よさそてなかみふしやの」「くもきりもないらぬてりきよらさあすか与所島の月やつらさはかり」といったのが見られる。

冬の部には

はるの初はなもあきの夜のつきも忘てなかめゆるゆきのきよらさ
向てきゆる年やよかほてやりいちゆて笑てなかめゆる雪のきよらさ

いろ〳〵の木くさふゆかれになても千代のいろふくむまつの美さ
　雨はれてみれはさやかてるつきのしもの上にうつるかけのきよらさ
といった歌があり、「きよらさ」を結句にしてない歌には「咲き残るきくのいろきよらさあものいまふち御目かけれわ玉こがね」がある。
　恋の部には、結句を「きよらさ」と結んだ歌はなく、
　てりきよらさあてもさきゝよらさあてもたるとなかめゆか月も花も
の一首が見られるだけである。
　仲風の部には「きよらさ」を用いた歌はない。
　雑の部には、
　幾年よへてもいろよまさりとてにはの松竹のもたへ美さ
　この秋や君かうれしことき〳〵のいつよりもまさてさきやるきよらさ
　瓦屋つちのほて那覇みなとみれはこひしつり舟のなたるきよらさ
　百筋のはんたおさねしちみれは西の松かねかてふりきよらさ
　打ならそたけのふし〳〵もそろてはたち宮童の遊ひきよらさ

おもてはなさかちともにすちひかちかれよしの御船のはるか清さ
嘉例吉の御船の渡仲おし出れはなみもおしそひてはるかきよらさ
按司そひか御船の渡仲おしちれは波はおしそひてはるかきよらさ
恩納岳のほておしくたりみれは恩納松金か手振きよらさ
なかめてもあかぬ白菊のはなのつゆのいろそひて咲やるきよらさ
波風もたゝぬてるつきのかけにうかふ釣船のなたるきよらさ

といった歌がある。「きよらさ」を結句としてない歌には

月もてりきよらさ花も匂しふらしや押風もすたしや出てあそは
御旅しも美さみやたりしも清さいきやる親かなしすたしめしやうち
よもつらのきよらさとく頼てをるな縁と肌そゆる浮世しらね
あの伊集のはなやあん美さ咲ゆい我身も伊集のこと真白さかな
芋の葉の露や真玉よかきよらさ赤糸あくまきにぬきやいはきやい
伊集の木のはなやあん美さ咲ゆい我身も伊集のことましらさかな
ことしも作りやあん美さよかて蔵につんあまちまつんしやべら
蘭よりもかばしや錦よりきよらさたとるかたないらぬ義理のまこと

といったのが見られる。

『古今琉歌集 上巻』に収録されている歌で「きよらさ」を結句にして詠まれたものといえば「はな」「青柳」「すさつ花」「あさかお」「つき」「でぐ」「なでしこ」「百草」「いね」「菊」「もみち葉」「薄葉」「雁」「雪」「まつ」「松竹」「つり船」「あそひ」「御船」「手振り」といったもので、結句以外で「きよらさ」の見られる歌では「月」「よもつら」「露」「伊集」といったものがある。「御旅しも美さみやたりしも清さいきやる親かなしすたしめしやうち」の「美さ」「清さ」は、「立派な」という意味で、「美しい」の意はないといっていいだろう。

『古今琉歌集 上巻』に収められた四季の部の歌数は二八〇首、恋の部の歌数が四七二首、仲風の部の歌数は一二七首、雑の部の歌数が八二一首というふうになっている。四季歌は、自然の景色を対象にした歌、恋や仲風は人事を歌った歌、そして雑には、自然景物を歌った歌が多く集められているのだが、自然を歌った歌に「きよらさ」を結句にした歌が多く見られることが分かる。

琉歌人たちはそのように、自然の景物の中により多くの〝美〟を見出しているが、『琉歌百控』に較べ『古今琉歌集 上巻』は、「きよらさ」の対象が圧倒的に増えていることがわかる。

あらためて整理しておくと、『琉歌百控』収録歌で、「きよらさ」を結句にしたものでは、

「釣船」「手振」「月」「白菊」「御船」「松」

結句以外で「きよらさ」とされたのでは、

「若蒲」「花」「伊集」

といったのがあった。

それが、『古今琉歌集　上巻』になると、

「はな」「青柳」「すさつ花」「あさかお」「つき」「でぐ」「なでしこ」「百草」「いね」「菊」「もみち葉」「薄葉」「雁」「雪」「まつ」「松竹」「つり船」「あそひ」「御船」「手振り」

と倍増し、結句以外で「きよらさ」が見られるのでは、

「月」「よもつら」「露」「伊集」

といったのがあった。

『古今琉歌集　上巻』は、「古今」の琉歌を集めて一冊にしたもので、そこには『琉歌百控』に見られる歌も収録されているが、『古今琉歌集　上巻』になって現れてきたものには、

「青柳」「すさつ花」「あさかお」「でぐ」「なでしこ」「百草」「いね」「もみち葉」「薄葉」「雁」「雪」

「松竹」「あそひ」「よもつら」「露」

といったのがあった。

言ってみれば、それらは『古今琉歌集　上巻』に登場する琉歌人たちによって見出された〝美〟であったといえるものである。

○

明治期の新聞に掲載された琉歌で結句を「きよらさ」で結んだ歌を次に見ていきたい。

その前に、新聞に掲載された琉歌について簡単に説明しておきたい。新聞は、琉歌の掲載を結社ごとに行っているが、明治期に見られる琉歌結社には、花月吟社（『琉球新報』明治三三年一一月一五日～明治三六年一〇月三日、掲載数七九回）、心声社（『琉球新報』明治三四年一二月二九日～三五年三月二五日、掲載数二回）、清音社（『琉球新報』明治三五年一〇月一日～三九年、四六回）、日曜会（『琉球新報』三九年六月一日～四五年七月一五日、二〇七回、『沖縄毎日新聞』（明治四二年三月一〇日～明治四五年七月一二日、六八回）、吟友会（『琉球新報』明治三九年六月九日～七月二四日、三回）、名護琉歌会（『琉球新報』明治四〇年六月～四三年四月、四六回、『沖縄毎日新聞』（明治四三年四月～四四年九月、四回）、奥武山歌会（『琉球新報』明治四〇年～四五年、一四四回、『沖縄毎日新聞』六五回）、比謝矼友竹会（『琉球新報』明治四〇年一二月～明治四三年一一月、九二回、『沖縄毎日新聞』明治四二年六月～四四年四月、九〇回）、二六琉歌会（『琉球新報』明治四一年四月～四三年一月、三八回）、西林琉歌会（『琉球新報』明治四一年五月～四四年一二月、一一九回、『沖縄毎日新聞』明治四四年六月、六回）、糸満琉歌会（『琉球新報』明治四一年一一月～四五年七月、一二二回、『沖縄毎日新聞』明治四二年五月～四五年七月、八九回）、戊申琉歌会（『琉球新報』明治四二年～四五年、六五回、『沖縄毎日新聞』明治四二年～四五年、五二回）、その他黄胡蝶社、三〇字詩会、アフイ会、東京琉歌会、尚友会、後道琉歌会、今帰仁琉歌会、方言狂歌会、西蔵琉歌会、垣花琉歌会、燕居会といった二三の琉歌会がある。

琉歌会は、新派の琉歌会を除くと、兼題・当座があって、歌人たちは、それに基づいて歌を詠んでいた。兼題は「（兼日題の略）歌会・句会などを催すとき、あらかじめ出しておく題。また、その題で詠んでおく歌・句、兼題。」（『広辞苑』）のこと、当座は「その席上で出す和歌・俳句の題。また、そのようにして即興で詠む和歌・俳句。即詠、即吟。」のことで、兼題は、いわゆる「題詠」と見て差し支えないだろう。

「題詠」は「『古今集』のころからちらほら見られ」、「確立するのは院政期、『堀川百首』の時代」で、「和歌を学ぶ人は、『堀川百首』の題を詠むことを修練の一つとした」といわれている。「題にはさまざまな種類」があって「「鷹狩り」「花」のように、一つの素材で構成されている素題もあれば、「水郷春望」「尋花」のように、二つ以上の素材を結合させた複合題」[8]（谷知子、前掲書）もあるというが、琉歌結社の兼題は、まさにそのかたちに習ったに違いないものである。

明治の新聞に掲載された琉歌で、結句を「きよらさ」にして詠まれた歌の「兼題」を見ていくと二七〇余種にのぼる。『琉歌百控』『古今琉歌集　上巻』で「きよらさ」と歌い上げられてなかった景物を、「兼題」で見ていくと、女郎花、鶏冠木、藤、硯、卯の花、毛作、萩、鶴、若草、虹、九年母、滝、雲、三日月、梅、蚕、山梨、躑躅、桃、海、川、蛍、蓮、春雨、波、星、磯波、山吹、あられといったのが出てくる。

明治三二年以降になると、そのようにさらに数多くの風物に〝美〟を見出していったことがわかるが、それは、必ずしも、実際の風物を見て詠まれたものであったとは言えない。当座はともかく兼題・題詠ということになると「現実の体験に基づいてではなく、与えられた題によって歌」[9]が詠まれていたからである。

その典型的な例を、明治四〇年一二月二七日付『琉球新報』に掲載された名護琉歌会の兼題「初雪」に見ることができるかと思う。

夜明け白ら白らと戸はあけて見れは庭に初雪の積る清さ（高宮城朝修）
雨かたらともて打向て見れは庭に初雪のふるか清さ（比嘉賀功）

『球陽』には、一七七四年から一八五七年までの間に六回、雪が降ったという記録があり、「沖縄でも十八世紀後半から十九世紀中頃にかけて気候が著しく寒冷化した時期には、史料や琉歌にみる正真の雪が観測されたことは事実であろう」[10]と言われているが、明治の末頃に降ったという記録はないので、多分「初雪」を兼題にした歌は、「与えられた題によって」詠まれたものであったのではないかと思われる。

宮坂静生は『季語の誕生』[11]の中で、大伴家持の歌「新しき年の初めの初春の今日降る雪のいやしけ吉事」を上げ「雪はよき御代への称美であり、かつ稔りの秋を予祝する瑞兆として称えられている。雪が単に季節の景物ではなく、よきことを称える象徴であったり、予め称えることで、稔りを確実なものにする兆しと考えられたりすることは、そこに、古くからの長い間の伝承が記憶されている証ではないか」と述べ、そのあとで、藤原顕季《あきすえ》が、「雪見舞い」として源俊頼《としより》と藤原顕仲《あきなか》に送った歌と、二人の返歌をあげ、大伴家持ら万葉歌人が「共通に感じ、信じていた雪の霊力への信仰心は」彼らには見られなくなり、平安後期になると「雪は社交の場を盛り上げるコミュニケーションの道具に近いことばになりながら、かすかに「言霊」の残照をとどめるものになっている」といい、そして「雪が冬の季題として決められていく。それは冬と季節を限定されることで安定したイメージを獲得すると同時に、失うものも多いことを思わせる」と述べていた

「初雪」二首は、実景を詠んだものではないだろう。兼題として出されたものを詠んだというだけではないだろうか。「季語」に心を砕いたに違いないもので、もはやそこには、「古くからの長い間の伝承が記憶されている証」などなにもないといえる。

雪は、「予祝」のためなどでなく、出来合いの美意識を発揮するためにだけ持ち出されたものであったといっていい。

雪はそのように、冬の「季語」として兼題になり、雪を見ることのない沖縄でも、想像でもって歌われたといえるだろうが、兼題の多くは、実見したことのあるものが取りあげられていたはずである。

○

兼題でたびたび取りあげられたものに「月」がある。ざっと上げていくと「月前芒」「冬の月」「月前萩」「名所月」「月前菊」「夏月浮水」「月下泉」「寄月祝」「月前落葉」「冬月」「夏月」「雨後夏月」「月入簾」「草露映月」「三日月」「月照菊花」「名所春月」「海辺夏月」「楼上見月」「庭前寒月」「夏月似秋」「月下紅葉」「月照瀧水」「恋月」「山家月」「海辺夜月」「月下旅行」「寒月照梅花」「都月」「春月照花」

とである。

「今宵」といったのがある。

これらの「兼題」が語っているのは他でもなく、「月」の美しさが様々に歌われているということである。

虎頭松山に雲の御衣かけてとよむ月しらの影の清さ（名所月、諸見里朝奇）
夏くもも晴れてさやかてる月の湖にうつる影の清さ（夏月浮水、鉢嶺清懐）
散り落てて庭につもる紅葉はに曇りないぬ月のてるか清さ（月前落葉、泉川寛秀）
さやか照り渡る秋の夜の御月真簾に漏れる影の清さ（月入簾、嘉数朝睦）
月や草の葉の露の玉ことに色わけもないらんうつる美さ（草露映月、護得久朝常）
いつもなかみゆる月や月やすか楼上の月やかはて清さ（楼上見月、南島）
夏もよそなすさ走川の水に木間洩れうつる月の美さ（夏月、鶴歩）
木枯の風の雲や吹はらて雪の上に照ゆる月の美さ（冬月、稲嶺盛治）

数多く見られる月を歌った歌から、僅かの用例を引いてみたが、ここには、明治琉歌が、『琉歌百控』『古今琉歌集　上巻』に、何を新しく付け加えたかが鮮明にあらわれているはずである。

それは「月の清さ」を言い表すのに、『琉歌百控』『古今琉歌集　上巻』の両者には見られなかったものが取り出されてきているといったこともあるが、あと一つ大切なものが見られる。

『琉歌百控』は、月の美しさを言い表すのに、「月」そのものに焦点を絞るとともに、あと一つ「影」を取りだしていた。それが『古今琉歌集　上巻』になると「かけ」が主となり、「つき」そのものは後退し、「てる」が躍動してくる。そして明治琉歌になるとこれまで見られなかった「うつる」が登場してくる。

それをさらに分かりやすくいえば、「影の清さ」を共通基盤にして、「月の清さ」から「てるか清さ」へ、そして「うつる美さ」へと変化していったということである。それは、いうまでもなく、月の観賞のしかたが変化していったということを示すものでもあるが、明治三〇年代以降の琉歌歌人たちは、「うつる」というかたちで、月に新しい美を見出したのである。新しい美意識の登場という由縁である。

○

「きよらさ」と歌われた歌をめぐって、明治琉歌は、数多くの〝美〟を浮上させたこと、そして月を用例にして、「うつる美さ」といった新しい〝美〟が見出されていったことについてみてきたが、〝美〟をあらわす「きよらさ」をとりあげて考察したのに二人の先人がいる。

一人は渡久地政宰。渡久地は「琉球美の探求」[12]の章で「きよらさ」を取りあげ、「琉球語では」「「きよらさ」が「美麗」の世界を示現する代表語となっている」といい、『琉歌全集』に収録されている三〇〇〇首の中で「きよらさ」系の使用例が「一三九例」に上ることをあげ、「「きよらさ」が、いかに琉歌の美的形象語の中心であるか首肯できる」としたあとで、「「きよらさ」の美的対象、すなわち琉球の歌人たちが、いかなるものに「きよらさ」を感得したか調べてみると」として、その用例を分類していた。

渡久地の分類によると、「1、月光にたいするもの　三八例、2、花にたいするもの、三〇例、3、容色のきよらさ　八例、4、土木関係　六例、5、舟のきよらさ　六例、6、草木のきよらさ　一九例、7、手踊りのきよらさ　七例、8、諸現象に関するもの　八例、9、作物関係　三例、10、工作のきよらさ　二例、11、疱瘡を恐れる敬遠美化　四例、12、抽象的な非具象物関係　八例」といったようになり、「「きよらさ」の美的対象は月・花・容色・舞踊・土木・舟・天然現象・植物・工作器物等、ほとんど視覚的な単一美の世界である」と述べていた。そして「きよらさ」は「視覚を通して受け入れた美意識であった」としていた。

渡久地は「きよらさ」の「まとめ」として、「琉球におけるきよらさ美の完成は官撰『おもろさうし』であることも忘れてはならない。ここで完成せられた美意識は、琉歌に流れ込んできている」といい、「語彙的な活力からすれば、琉歌時代は、おもろ時代よりも、この語は萎縮しているかの印象を受けるのであるが、琉球美の唯一の中心語である点においては変りない」としていた。

あとの一人は嘉味田宗栄である。

嘉味田は、「くも霧も晴れてつきやすみよしの浮世名に立ちゆるあきの今宵」「てる月のかげにいろやます鏡みがかれて咲きゆる菊のきよらさ」といった『古今琉歌集』に見られる修辞法の一つである「かけことば」について触れ、「既成の歌の枠に、ことばの無反省ないれかえや組みあわせをするだけに終わっている」と断じたあと、「この類型化は美的理念をあらわすことばにもあらわれている。まず語法における体言を文末にもってくるといった修辞法の続出はともかくとして、「きよらさ」「しほらしや」の頻出もどうにかならないものかと思われる」として、「きよらしや」「しほらしや」を結句にした歌を上げ、「視覚からとらえる美をきよらさ、嗅覚・聴覚で感じるのをしほらしやと言いわけているのは注目すべきであるが、雑・恋の歌と異なり、大宮人たちの手すさびになる四季のうたでは、このような類型的表現が目立つのである。日本文学における花鳥風月の表面的な影響といえる」[13]と述べていた。

渡久地、嘉味田ともに琉歌に見られる「きよらさ」を使用した歌が、「萎縮しているかの印象を受ける」こと、「日本文学における花鳥風月の表面的な影響」によって歌われているとして、高い評価を与えていないが、「きよらさ」が、「美的理念をあらわすことば」であるという点では一致していた。

「きよらさ」が、「美的形象語の中心である」こと、「美的理念をあらわすことば」であるといった指摘とともに、「きよらさ」を用いた歌が類型的・表面的であるといった批判は、決して見当違いではない。しかし、そのなかで新しいかたちの〝美〟を見出していった歌人たちがいたのである。

類型化や形骸化を指摘することは大切なことだが、そこには、類型の中で、僅かながらとはいえ新しい美を見出そうとした詠者たちがいたことを見落としてはいけないであろう。

〈注〉

1 『和歌文学の基礎知識』角川選書 平成十八年五月三十一日
2 『季語の誕生』岩波新書 二〇〇九年十月二十日
3 『花のもの言う―四季の歌―』新潮選書 昭和五十九年四月二十五日
4 谷知子、前掲書1
5 『沖縄古語大辞典』編集委員会編 角川書店 平成七年七月十日
6 仲程昌徳 前城淳子『近代琉歌の基礎的研究』勉誠出版 平成一一年一月二十五日
7 「清さ」は、立派な、の意。
8、9 谷知子、前掲書
10 伊志嶺安進『沖縄気象歳時記』ひるぎ社、一九八七年三月一五日
11 岩波書店、二〇〇九年一〇月二〇日
12 『日本文学から見た 琉歌概論』(武蔵野書院、昭和四七年九月二〇日
13 『琉球文学序説』沖縄教育図書 一九六六年七月一五日

補注
「琉歌百控」の□のルビは、『琉歌全集』による。

# 摩文仁朝信の琉歌

## ――『琉歌大観』収録歌をめぐって

島袋盛敏『琉歌大観』（一九六四年五月一〇日、沖縄タイムス社）所収二八九一首の中に、「摩文仁朝信」記名になる琉歌が一首だけとられている。それは、

寝屋も清めとて無蔵待ちゆる宵の弓張りの月や島の西に

というのである。

島袋は、右の歌の「歌意」とともに「解説」を付しているが、そこで「作者は摩文仁御殿の御前小といって、末吉安持詩人等と共に、首里の文学青年として、相当に名を売ったものである。琉歌及び琉球語で面白い対話を書いたり、小説を書いたりしていた」と作者について簡単な紹介をしていた。

島袋盛敏は明治二三年生、摩文仁が二年後の明治二五年生。ともに首里人であった。島袋が、摩文仁を知っていたことは、「解説」の文章からもわかるが、摩文仁と同じく明治二五年生でや

はり首里人の比屋根安定は「踏花共惜少年春　明治三十五年冬―四十三年」（『おきなわ』二一号、一九五二年八月一〇日）の中で、島袋について「彼の母方の祖母がわたしの父の姉であったから、ヤマーッチイは安谷川ビラの家から屡々来た。（中略）盛敏とわたしとは徳富蘆花に夢中になり『思出の記』や『自然と人生』を暗誦した。『自然と人生』冒頭の小説「灰燼」の「勝てば官軍、負ければ賊軍の名を負われて」云々を、二人は声を合せて誦しながら、弁財天池から城跡へと登ったりした。しかし、我々は、スージグヮー、スージグァーにいる文学ウグヮーに過ぎなかった」と書いていた。比屋根のエッセーは、明治四〇年代の文学熱に浮かされた青少年たちの溌剌とした青春が垣間見られる回想になっているが、比屋根がそこで、島袋とともに「我々は、スージグヮー、スージグァーにいる文学ウグヮーに過ぎなかった」と書いたのは、近くに摩文仁たちのような「首里の文学青年として、相当に名を売ったもの」たちがいたことによるであろう。

あの頃（明治四三年頃か―引用者）わたしの眼に三人の異常児、或は天才が映じた。尚球は琳の弟で、眼の大きな、てんかん持ちであることも、天才の資格を備えていた。琉球音楽を聞くと、「ふん、亡国の音楽だ」と嘲り、字は下手であったが、奇文戯文雑文が得意で、臆病のくせに人物月旦は痛罵骨を刺した。摩文仁御殿のウメーグヮーは、確か朝信とか云った。子供の時、赤べーに罹ったかと思われるような顔をして、半開きの口からよだれが垂れそうであったが、文学書を盛んに読んでいた。後に、早稲田大学の文科に在学中の彼を、わたしは松島朝基の下宿で遭った事があったが間もなく没した。もう一人の天才は、大中の富豪糸満の子で、盛なんとか称したが、顔は青赤く、殊に鼻のあたりは腐った牛肉のようで、気味がわるかった。云わゆる文学ウグヮー群の一方の将で、（中略）既に故人である。尚球、摩文仁御殿のウメーグヮー、糸満は、何れも何処か病的なところがあったが、それだけに天才的の光を閃かしていた。

比屋根が、「三人の異常児、或は天才」と書いているうちの一人「摩文仁御殿のウメーグヮー」は、間違いなく、島袋が「首里の文学青年として、相当に名を売った」と記していた摩文仁朝信である。彼は、明治の末期、山城正忠、上間正雄等とともに数多くの短歌を発表し、また詩、小説を書き、注目を浴びた一人であった。

摩文仁は、短歌や詩、小説の作者として近代沖縄文学史を飾ることになる一人だが、彼はまた琉歌も詠んでいた。その一首を、島袋は『琉歌大観』に収録していたのである。

○

摩文仁朝信の「三十字詩十章」が、萬緑庵朝信の筆名で『沖縄毎日新聞』に掲載されたのは、明治四二年一一月二〇日である。「十章」は、次のようなものであった。

1、あわれ美ら童情あてしばし思ある歌よ聴ちよ呉りな

2、あらし花山に昔語らたるみやらびが歌にまたも泣かな
3、秋の空なりば里か島あがたなびく美ら雲もあわりびけじ
4、多幸山下て偽にしゃくと倉波みやらびのわ袖ひちゆさ
5、みだり髪やてもいちし梳かりが里が手枕の形見とめば
6、床も清みとて里待ちゆる間に恋し三日月や島の西に
7、朝の白露や天と地のなみだおとがみやみしよなありがなみだ
8、がじまるの影や二人が好ちところまたも甘蔗酒にともなかな
9、あわれ火輪車やわ身乗して行ちゆい無蔵がハンケチやわ胆とみて
10、わすたあんまたや八重嶽ふもといつも鍬取やいがんじゆやゆら

摩文仁はその後も萬緑庵を用い『沖縄毎日新聞』に琉歌を発表していくが、島袋が『琉歌大観』に収録した一首は、一一月二〇日に掲載された右の琉歌の中から取られていたことがわかる。しかし、島袋は、原歌そのままを取っていたわけではない。まず、二首を並べてみたい。

寝屋も清めとて無蔵待ちゆる宵の弓張りの月や島の西に　『琉歌大観』
床も清みとて里待ちゆる間に恋し三日月や島の西に　「三十字詩十章」

両歌には大きな違いがあった。まず初句八音であるが、「三十字詩十章」には「床」とあったのが、『琉歌大観』では「寝屋」になっていた。また三句目の「恋し三日月や」が、「弓張の月に」になっていた。歌意からすれば、初句の違いも、三句目の違いも、たいした違いではないといっていいが、二句目八音の違いは大きい。

「三十字詩十章」では「里待ちゆる間に」であったのが、『琉歌大観』では、「無蔵待ちゆる宵の」となっている。待って居るのが女なのか、男なのかによって、大きな違いが出て来るからである。『琉歌大観』に見られる「歌意」が「寝室もきれいに掃き清めて、恋しい彼女を待つ宵、弓張りの月が島の西に傾いて一刻千金の価値のある眺めである」となっているのはそのせいだといえよう。「里」を「無蔵」に入れ替えたことによって起こった訳なのである。

同歌を同じく収録している『琉歌大成　本文校異編』（清水彰、沖縄タイムス社、平成六年二月二五日）は「寝屋もきれいにして、彼女を待っているうちに、宵の弓張り月も西に傾いた」というように、字義通りの極めて簡明な訳になっていた。

『琉歌大観』に見られる摩文仁の歌は、清水訳の通りだといっていいが、原歌から読みとれるのは、「月が島の西に傾いて一刻千金の価値のある眺めである」といったような月を愛でる姿ではなく、「月も島の西に傾いたのに、彼はまだ来ない」といった、恋人の訪れて来るのを心待ちしている女の姿ではなかろうか。その違いは限りなく大きいというほかはない。

○
島袋は、「読人しらず」として、

乱れ髪やてもいきやす梳かれゆが里が手枕のかたみとめば

の歌を、『琉歌大観』に収録していた。そしてその「解説」で「これは摩文仁朝信の作と見たおぼえもあるけれど、内容が女性の作のように思われるから、私のおぼえ違いかも知れない」といい、「読人しらず」にしていた。

島袋のこの「解説」を受けて、『琉歌大成　本文校異編』は、同歌の作者を「摩文仁朝信妻」としていた。

「三十字詩十章」を見ると一目瞭然だが、島袋は、その中の5に見られる歌をとっていた。そしてその歌を「摩文仁朝信の作と見たおぼえ」があるとしながらも、「内容が女性の作のように思われる」ので「読人しらず」として収録したというのである。

「三十字詩十章」の6の歌「里待ちゆる」が、『琉歌大観』では「無蔵待ちゆる」になっているのは、島袋の手直しであったことを、この「読人しらず」の歌の「解説」はそれとなく指し示すものとなっていよう。

島袋は、摩文仁を知っていた。摩文仁を知っていたがゆえの手直しであったに違いない。と同時に、歌が共有のものであるという感覚が、島袋には、まだどこかに生きていたのではないかとも思える。

○

男性が、女性になり代わって詠むというのはないことではない。「三十字詩十章」を見ると、その3に見られる「秋の空なりば里か島あがたなびく美ら雲もあわりびけじ」もそうだといっていいだろうし、四二年一二月一日に掲載された「三十字詩八章」「玉黄金」と題された歌をみると、

浜の小石も里が身に触らば玉黄金ともて真手に拾ら
畜生庭鳥も里中に鳴ちゆい自由に鳴かりらぬ女なれや
真袖床はらて里待ちゆる間に漏刻の鼓七ち打ちゆさ
夜間暮になりば里待ちし頃の名残かや今もわ肝あまじ
里が身に触て散りる牡丹花二人が行先の涯がやゆら

といったようにそのほとんどが「無蔵」になり代わって詠まれていた。摩文仁の琉歌には、そのように女性になり代わって詠まれた歌が数多く見られるのである。それは、摩文仁だけに見られる特色ではなく、古歌の恋歌の多くに見られるものであった。それだけに「内容が女性の作のように思われる」ということで「読人しらず」にしているのは、不思議だとしか言いようがない。他の編者

ならばともかく、島袋が、である。

思きやけもすらぬ里前ちゆ目拝で、恋しさや日々にまさるばかり
海の底までもてらきやがて見ゆる、玉黄金里の忘れぐれしや
百かくしかくす女身のまはだ、かなし思里が見ちやらと思ば
命よりまさて惜しさある肌も、里がおみはだと添ゆらとめば

これらの琉歌は、島袋の作になるものである。比嘉春潮は、そのことについて次のように述べていた。

こんな話がある。先年火野葦平氏が沖縄に取材した小説「赤道祭」を書いた時、作中の思鶴なる美人がすばらしい恋の歌を詠んで読者を驚かしたことがあった。沖縄人の中にはてっきり葦平氏が古歌を利用したのだと推して無駄な探索をした人もいた。しかし、これらの名歌は実はすべて島袋君の代作で、立ちどころにつくったものであった。（中略）幸いに私の手許にその時の原稿が残っているから、勝手にここに載せることにする。

比嘉は、そのように述べ、右に上げた四首を含む都合一二首の琉歌を紹介していた。

比嘉が述べているように、島袋が「思鶴」の代作を「立ちどころにつくった」ことからすると、「里」を「無蔵」に手直ししたり、「乱れ髪やても」の歌を、「これは摩文仁朝信の作と見たおぼえもあるけれど、内容が女性の作のように思われるから、私のおぼえ違いかも知れない」として「読人しらず」にしたのは、島袋らしくないことなのであった。

○

『琉歌大観』には、「摩文仁朝信」ではなく、「摩文仁王子朝信」と記名された歌も、一首とられていた。

昨日見ちやる鏡今日取やり見れば知らぬ年寄のまからまうちやが

摩文仁朝信は「摩文仁御殿の御前小」と呼ばれていた。「御殿」は「王子・按司の家のことで、その家や建物をいう」(「用語解説」『沖縄県姓氏家系大辞典』平成四年一〇月八日　角川書店)とあることからすると、「摩文仁朝信」のことかとも思われるが、はっきりしない。なお同辞典には「向氏摩文仁按司朝信」とあるのが見られるが、それも「摩文仁朝信」との関係がはっきりしない。

摩文仁朝信が、萬緑庵を用いて新聞に発表した琉歌には、「昨日見ちやる」の歌がないこと、島袋が、朝信と歌との関わりについて触れてないこと、さらには歌が、朝信には見られない一種の狂歌であることからして、「摩文仁朝信」すなわち「摩文仁御殿の御前小」の歌ではないように思える。

摩文仁朝信の琉歌は、さきにあげた「三十字詩八章」のうちの五首からわかるように、女性になりかわって詠んだ恋歌に特色があった。しかし、それは摩文仁だけに見られるものではなく、島袋が火野の作品に登場する「思鶴」になり代わって十数首の歌を詠んでいたように、他の琉歌作者にも見られるものであった。

新聞に掲載された朝信の琉歌に見られる大切な語句を抜き出していくと、次のようになっている。

四二年一〇月二五日、一〇首

①思妹、②宮童、③みやらび、童、④童、⑤A、⑥みやらび、⑦あれ、⑧わ身、里、⑨無蔵、わが、⑩父、母、童

四二年一一月二〇日、一〇首

①童、②みやらび、③里、④みやらび、⑤里、⑥里、⑦あり、⑧二人、⑨わ身、無蔵、⑩あんまたや

四二年一二月一日、八首

①里、②親、③女、④里、⑤里、⑥里、二人、⑦童、⑧B

四三年一月二三日、一〇首

①C、②お身、③二人、④里、⑤ふたり、⑥童、⑦二人、⑧D、⑨わ身、⑩母親

四三年一一月五日、一〇首

①無蔵、②無蔵、③ゐなぐ、④二人、⑤あれが、⑥無蔵、⑦わらび、⑧あれか、たるに、⑨E、

⑩無蔵

四三年一二月四日、一〇首

①みやらび、②無蔵、③童、④無蔵、⑤童、⑥みやらび、⑦無蔵、⑧無蔵、⑨みやらび、⑩無蔵

新聞に掲載された朝信の琉歌は全部で五八首。そこに見られる語句を拾っていくと、「無蔵」一一首、「里」九首、「童」九首、「みやらび」七首、「二人」五首、「あれ」四首、「女」二首、「思妹」「わすた」「親」「お身」「わ身」「母親」それぞれ一首となっていた。（一首の中に、二語見られる場合は、最初に記してある語のみを数えた）

ちなみにアルファベットで表したのは、それらのうちのどの語句も見られないもので、歌は、次の通りである。

A　眺むればあわれ袖やまたなみだ恩納岳あがた雲のかかて

B　嵯峨野の秋の思ひある景色《さま》や好ちな歌の上に見して呉らな

C　心あてしばしなかみやい玉れやがてあとかくす西の太陽

D　花の首里とても山の那護をても拝む白雲やひとちやしが

E　首里の村村□御屋敷と寺に昔から照ゆる秋□御月

五首のうち叙景歌はEの一首のみ。そしてそれはまた摩文仁詠歌五八首の中の一首でもあった。摩文仁には叙景歌がないといってもいいほどなのである。それは、摩文仁が、琉歌結社に属することがなかったこと、いわゆる新派の歌人であったことを示すものともなっていた。新派を示すものといえば、

油絵になさば趣もましゆら久場の葉の影に居ちよる童（四二年一〇月二五日）
あわれ火輪車やわが身乗して行ちゆい無蔵がハンケチやわ肝ともて（四二年一一月二〇日）
嵯峨野の秋の思ひある景色《さま》や好ちな歌の上に見して呉らな（四二年一二月一日）
阿旦葉の影に三日月よ拝で誰よ待ち兼ねて泣ちゆが童（四三年一月二三日）
無蔵が白腕や大理石《ためいし》かやゆらうずでとてみれば熱やないらぬ（四三年一一月五日）
風にみだりゆる十字街《かじまや》の柳なちかさやゆどて見ぢゆる童（四三年一二月四日）

といった作品を上げることが出来よう。

油絵、火輪車、嵯峨野、阿旦葉、大理石、十字街といったものは、新しい素材であったといっていいだろう。武蔵野、久場の葉の影が、歌材として一般的であった時代に、嵯峨野や阿旦葉を持ち出し、油絵や火輪車・汽車といった新しい時代を象徴したであろう素材を取り込み、装飾品として

視覚的に捉えられがちだった大理石をあえて触覚でとらえようとした感性の変革、十字路を十字街に言い換え、語感の新鮮さを生かそうとした試みなど、琉歌の新しい時代を告げるものであった。摩文仁が、新しい言葉を取り入れることのできる、新しい琉歌を模索した一人であったことをそれは証していた。

摩文仁は、そのような新しい時代を象徴する素材を詠みこんだり、新語を用いたりして、琉歌に新味を加えたことは間違いないが、琉歌の中心にあったのは、時代は変わっても「無蔵―里」の世界であった。摩文仁の琉歌も、「無蔵―里」の世界が中心をなしていた。それは、先に掲げた、抽出語句からも見えてくるが、摩文仁の相聞歌は、次のように詠まれていた。

忘りらむしちん忘りらむものや小湾みやらびのうすで姿（四二年一〇月二五日）
みだり髪やてもいちし梳かりが里が手枕の形見とめば（四二年一一月二〇日）
夜間暮になりば里待ちし頃の名残かや今もわ肝あまじ（四二年一二月一日）
情てし知らんわ身やまたあらぬ泣ちゆし忘れたるわ身どやゆる（四三年一月二三日）
無蔵が云言葉の忘ららぬあてど夜中からおぢゆで歌や詠むる（四三年一一月五日）
夢に思無蔵が唇にさわてうすでつれなさや旅の夜中（四三年一二月四日）

摩文仁の歌が新聞に掲載されたのは六回で、八首一回をのぞいてあとは一〇首ずつ掲載されていた。右のそれは、各回からそれぞれ一首ずつをぬきとってきたものである。恣意的だと言えないこともないが、そこから摩文仁の恋歌の世界が見えてこないわけでもない。

右の六首のうち、二首目と三首目は、明らかになり代わり歌、すなわち摩文仁が女になり代わって詠んだ歌である。一首目は忘れられないものとして印象に残っている女、四首目は忘れてしまった涙、そして五、六首目は、別れたあとで、甦って来た「言葉」や「唇」のことが歌われていた。

確かにここには恋にまつわる出来事が歌われていた。しかし、それらは、恋の局面、すなわち「当面している情勢」ではなく、すでに終わったこと、過ぎ去ってしまったことが歌われていた。

摩文仁の琉歌は、「形見」や「名残」がその中心をなしていた。摩文仁の恋歌の特徴はそこにもあったといっていいが、しかし、それは、先行する琉歌の相聞を踏襲したものであった。

○

島袋盛敏は、摩文仁朝信の歌を『琉歌大観』に収録する際、大切な語句を入れ替えたり、「読人しらず」としていた。島袋が、摩文仁の歌を手直し、さらに摩文仁の歌を「読人しらず」にしたのは、摩文仁の手法の一つであったなり代わり歌、そしてそのような発想によく現れているように、琉歌の伝統的な相聞歌の世界によりそっていたことを、注視してなかったことによるのではないかと思う。

そしてそれは、摩文仁が新派であることを知っていたことと関係していたように思う。

「スージグヮー、スージグァーにいる文学ウグヮーに過ぎなかった」島袋にとって、『明星』『スバル』等、日本の詩歌界をけん引している雑誌に作品を発表し、『沖縄毎日新聞』等の学芸欄を賑わせた末吉や摩文仁等は、新時代の新文学の旗手として見られたに違いない。摩文仁は、琉歌の改革を呼びかけてもいた。島袋は、そのことを知っていたはずである。それ故、摩文仁が、古い手法など用いるはずはないと考えて当然であるが、しかし、新派とはいえ、摩文仁の琉歌は伝統的な恋歌の世界に則ったものであった。

比嘉春潮は、島袋について、「島袋君が琉歌研究の権威者だということは本書（『琉歌大観』—引用者）を一見すればわかることで改めて云うまでもない」と、述べていた。比嘉の言葉通り、島袋が「琉歌研究の権威者」であったことはまちがいない。それからすると、摩文仁の歌の改変も、疑いを持ちながら「読人しらず」として収録したのも、新派だといったことや、その手法に疎かったということなどではなく、琉歌を良く知っていたがゆえの行き過ぎであったといった方がより正確なのかもしれない。

# II　散文の章

# ヤマトゥグチ表現を彩ったウチナーグチ

沖縄の新聞が、ヤマトゥグチで書かれた掌編を「小説」として掲載するようになったのは、一九〇八年からであるという。その後、次々と「小説」を冠した小品の掲載が見られるようになるが、それらは「身辺雑記的な作品」で、「稚拙をまぬがれていない」（「近代沖縄文学史論」『現代沖縄の文学と思想』一九八一年七月）と岡本恵徳はいう。そのような中で、一九一一年六月『ホトトギス』第十四巻第十一号に発表された山城正忠の「九年母」を最も注目される「小説」として挙げていた。

沖縄近代文学の出発期にあたって注目をあびた作品といえば、岡本の指摘している通り「九年母」だろうし、さらに言えば、沖縄近代文学は、「九年母」から始まったといっていいだろう。「九年母」は、間違いなく記念碑的な作品であったが、注目された一つに、「ウチナーグチ」を「ヤマトゥグチ」表現のなかに織り込んでいたといったことがあった。

「ウチナーグチ」「ヤマトゥグチ」という言い方については、外間守善による。外間は「沖縄の言葉」で、「沖縄では沖縄で話されている言葉をウチナーグチ（沖縄口）、本土で話されている言葉をヤマトゥグチ（大和口）といいわける」といい、「ただし、ここでいうウチナーグチというのは、沖縄本島およびその周辺離島で使われる言葉のことで、宮古、八重山、奄美の言葉はそれぞれに自律的であり、ウチナーグチの中には入らない」と規定していた。

本稿では、もっぱら外間の規定に準拠し、「ウチナーグチ」が、明治、大正、昭和戦前期の沖縄文学で、どのように「ヤマトゥグチ」表現のなかに織り込まれていったか、その具体的な用例をあげながら、検証していくことにする。

明治期を代表する作品といえば、先に見た通り、山城正忠の「九年母」をあげることができるが、岡本恵徳は、作品について「内容は、守旧派と開明派が対立する日清戦争下で、清国への帰属を主張する守旧派の首領が、清の李鴻章の密使と偽る鹿児島出身の男に大金を騙し取られるという『山之城事件』をモデルにしたものである。作品はこの事件を宮崎出身の校長による詐欺事件として、少年の視点で描き、新しい時代に対応し得ないでいる守旧派の悲喜劇を描いたものであった」と簡潔にまとめていた。そして「この作品は当時の文芸批評でも取り上げられ、沖縄の風物がよく出ている点で評価される一方、会話に沖縄の方言を用いていることの是非が論議された」(「近代文学の情景」『沖縄文学の情景　現代作家・作品を読む』ニライ社、二〇〇〇年二月)と注目された点についても触れていた。

作品が話題を呼んだのは、高浜虚子の編集発行した『ホトトギス』に掲載されたこと、日清戦争前後の沖縄の世情がよく表れていたこと、ウチナーグチが使われているといった点などにあったが、その「ウチナーグチ」は次のように出てくる。

「こゝにも落てとうさ、ホラ、こんな大《で》ツかいのが、これは我がもんだよ」
「アラ兄さんこゝにも、こんなのが」
と一生懸命に吹きおとされた青いのや、ゆり落とされた黄いろいのを拾いあつめた。
「あんまり飛んであるくと、ころんで泣くんどう」と父はたしなめた。

台風の吹き荒れたあと、色づいた実や傷んだ実をもぎとることにして、下男が樹にのぼる。樹がゆれるたびに実が落ちて来る。それを、二人のこどもが駆けずり回って拾っているといった場面である。

本間久雄は「九年母」を「琉球語がざらに出て来るので読みづらかった」と評していた。その本間の評を踏まえて、伊波月城は「山城君の使用している所謂琉球語なるものは本県に来ている他府県人の使用するブロークン琉球語と類似の言語であって私共は生まれてからあんな琉球語を使ったこともなければ又純琉球人がそんなものを使っているのを聞いたこともないのである。もし使わねばならぬならば偽りなく純琉球語を使用した方が自己の感情を忠実に吐露する上には都合がよくはあるまいか。また私は琉球語を使用しなくても沖縄の風俗を写すことは出来ると思う」と評していた。

月城が指摘しているように「琉球語を使用しなくても沖縄の風俗を写すことは出来る」だろうし、

山城にもそれがわからなかったはずはない。また「琉球語」を「使わねばならぬならば偽りなく純琉球語を使用した方が自己の感情を忠実に吐露する上には都合」がいいことも知らなかったはずはないが、あえて、「他府県人の使用するブロークン琉球語と類似の言語」と批判されたウチナーグチ、ヤマトゥグチ混淆になる言葉を使用したのは何故だろうか。

山城が「ブロークン琉球語」を使ったのは、当時はやった「ローカルカラー」を演出するためであったことは間違いない。作品は、事件の内容から、ウチナーグチを使わなくても、十分に「ローカルカラー」の出た作品になっていたが、山城には、それと同時に、小説言語にウチナーグチを織り込んで活かしてみたいという野心があったのではないだろうか。さらにいえば、山城は、新しい小説言語の模索を、始めていたといってもいい。

山城のヤマトゥグチにウチナーグチを織り込んだ表現法は、本間が指摘し、月城に批判されて話題を呼んだが、その試みは「九年母」から始まっていたのではなかった。「九年母」の発表された前年一九一〇年八月『新文芸』に発表した「石敢當」で、すでに試みられていたのである。

母親はくらい窓の下で悲しい南国の歌をうたいながらガッタンガッタン生業《なりわい》の木綿機を織っていたが、私が行くと筬《おさ》の手をやめて愛想よくむかえてくれた。

「おとなりの仙さんか、入《い》んしょうれ、鶴兄さん家やさ」

といってニッコリする、色の青ざめた女だ。

「石敢當」は、「コレラで死んだ鶴寿さんとその周囲に起こった一切の出来事」（「石敢當」）を書いたものであるが、そこには鶴寿が私に「なんでもいゝからおいでよ、ほんとにどこにも無えらん絵やから」といってさそう場面や、「声を立てると命がねえらんどう」と鶴寿が私をおどす場面、あるいはお婆さんが「まアこの孫は仕方がねえらんサ」といってあきれる場面などで使われていて、それなりの臨場感を出していた。

山城のウチナーグチ使用は、ヤマトゥグチとウチナーグチを結合するかたちになっていた。それは月城が指摘していた「他府県人の使用するブロークン琉球語」といっていいようなものであったが、山城のそのような試みは、「石敢當」ではじまり、「九年母」で終わっていたように見える。

「九年母」の翌年一九一二年四月、やはり『ホトトギス』第十五巻第七号に、摩文仁朝信の書いた小説「許嫁と空想の女」が掲載される。そこには「九年母」とは比較することができないほど、闊達なウチナーグチが出てくる。次は、その一場面である。

今度《くんどう》支那《しな》かい遊《あし》びいが行《い》かんて思《うむ》てど（今度支那に遊びにゆきたかったので）
あんやても結婚《にーびち》のことに就《ち》ち話しさんで思《うむ》てど（でも結婚のことに就いて話したいことがあってね）
わんねえ今《なま》二十どやるもん。三四年のう待《ま》っちよせーびれ（わたしはまだ二十ですよ。三四年待ってもいいでしょう）

あねーあらんさ。妾《わんねん》五十五なたい伯母ん六十二でーもの。（そうでもないよ。妾も五十五だし伯母さんも六十二だからね）

作品は、許嫁もいるのだから早く結婚してほしいという母や伯母の要望に、許嫁が自分の考える女性とは異なるように思われ、結婚するのをためらう青年の気持ちを書いたものであった。

「許嫁と空想の女」と「九年母」とでは、ウチナーグチの使われ方に見ての通り大きな差があった。前者では、ウチナーグチをそのまま使い、それにヤマトゥグチ訳をつけるといったかたちをとっていた。

「九年母」と「許嫁と空想の女」とではそのウチナーグチ使用において「他府県人の使用するブロークン琉球語」と「純琉球語」といえるほどの違いがあった。「許嫁と空想の女」が、山城の試みを踏襲することなく、ウチナーグチそのままを使うかたちにしたのは、月城の「九年母」評に刺激されたことによるのではないかと思われる。そして、摩文仁には、ウチナーグチが、ヤマトゥグチ表現のなかでも生かせるのではないかという思いがあったのではなかろうか。

月城が「九年母」を批判した論考には、「九年母」についてだけではなく、『明星』派の詩人で夭逝した末吉安持についても触れられていた。末吉の死後『沖縄毎日新聞』に発表された三十字詩（琉歌―筆者注）と『明星』に発表された新体詩とを比較したものである。月城は、末吉の作品は新体詩より三十字詩のほうが心に響くものがあるという。そして「韻文学は自国語でなくては人を動かすことは出来ないと思った」といい、外国の作家を上げ、彼らの作品が人の心を打つのは「自己の感情を発表するに一番都合のいい言葉を使用したからである」としていた。

「許嫁と空想の女」の作者摩文仁朝信もまた末吉安持と同じく新詩社に属し『明星』で活動したひとりであった。彼も数多くの三十字詩＝琉歌を詠み、最も早くに、琉歌の革新を主張し、運動を先導したひとりであった。それだけに、「自己の感情を発表するに一番都合のいい言葉」が、ウチナーグチであることをよく理解していたといっていい。

月城の「自国語でなくては人を動かすことは出来ない」という言葉は、「韻文学」について述べたものであったが、月城はそのあとさらに語をついで「散文は韻文程句調を重んじなくても宜しい し近頃の傾向は技巧の美よりも作の内容に重きを置くようになっているから吾等沖縄人にも小説が書けぬ理由はないと思う」と述べていた。

摩文仁は、山城の作品を読み、さらにその作品を評した月城の文章に目を通し、ウチナーグチをヤトゥグチ表現のなかで生かすには、山城のような方法ではなく、ウチナーグチをそのままを用いることに勝るものはないと考えたのではなかろうか。それは、たぶん明治末期の動向と無関係ではなかった。

明治末期には、山城や摩文仁の作品に見られるように、ウチナーグチが散文作品のなかに挿入されるようになるが、彼らの作品が発表される二、三年前からウチナーグチ表現が盛り返し、勢いづいていたのである。

明治末期になると、琉歌結社の活動が盛んになり、琉歌大会が随所で開かれていくように、ウチナーグチ表現が勢いを取り戻した時代であった。そのことを端的に示す一つに「つらね」の登場があった。

けふや天加那志御祝日よやれば　日の丸の旗や門毎に立て　御万人のまぎり明雲と列　君が万代の御願しち互に　汲替ち呑い歌や舞遊で　かにもうれしさめ恵みある御代の　海やふね浮て山や橋掛て　野山すむ人も押列て出て　万歳の声のたゆる間やないさめ　誠御掛ふさへ御代のしるし　君の御恵のふかさあるゆへと　年寄やわらいよらてあそぶ

一八九八年一一月三日、「奉祝天長節」として一一月三日から掲載がはじまった募集詩歌の最後を締めくくるかたちで登場したもので、「つらね歌」と題されている。作者は大宜味朝永。つらねは琉歌の形式を踏んで作られたものである。明治末から大正初期にかけて数多くの作品が「葉書一括」（『沖縄毎日新聞』）、「読者倶楽部」（『琉球新報』）に現れてくるが、その流行は、歌劇『泊阿嘉』の爆発的人気によるものであろう。

「泊阿嘉」は、一九一〇年四月「沖縄座」での初演にはじまり、「演劇史上空前の大当たりをとった」（矢野輝雄『沖縄芸能史話』昭和四九年十二月）といわれている。沖縄版ロミオとジュリエットと評される歌劇は、恋焦がれて死んでしまうヒロインが残した書簡を、旅での勤めを終えてもどってきたヒーローが読み上げて、その場で悶死してしまう、というものである。男が読み上げた書簡が「つらね」と呼ばれるものであるが、それは「泊阿嘉」の人気をたかめただけでなく、「つらね」流行の一因をなしたと考えていいものである。

「泊阿嘉」で読み上げられる「つらね」は、選び抜かれた珠玉のウチナーグチからなっていた。「つらね」は、琉歌形式になる定型表現で出来上がったものである。それはやがて散文表現への道を切り開いていく可能性を秘めたものであったと考えていいが、しかし、ウチナーグチになる、散文表現の出現をみることはなく、ウチナーグチは、会話部分でヤマトウグチに織り込んでいく形か、訳付きでしか現れてこなかった。

大正期に入ると、池宮城積宝の「奥間巡査」が、『解放』応募創作入選作として発表され、注目を浴びる。作品は「那覇市久米町の堂小屋敷をモデルにして、被差別階層出身の青年が初めて巡査に登用され栄達の道を歩みはじめるが、後進的な沖縄社会とのギャップのなかでやがて挫折していく物語」であり、「沖縄の風俗や方言を織りまぜて地方色を濃厚にたたえながら沖縄内部の差別問題を描いている」（大城将保「奥間巡査」『沖縄大百科事典』）とされるものである。そこで「方言」は、次のようなかたちであらわれて来る。

高い石垣に囲まれた二階屋がずっと連なっている。その中から蛇皮線の音、鼓の音、若い女の甲高い声が洩れてきた。とある家の冠木門を潜ると、彼の友達はトントンと戸を叩いて合図をした。す

るとやがて、

「誰方《たぁ》やみせが。」

と云う女の声が聞えて、戸が開いた。女は友達の顔を見ると、ニコリと笑って見せた。

「入《い》みそーし、れーし、たい。」

二人は「裏座」に導かれて行った。


「遊郭」は、特別な空間であった。その応対もそうだが、とりもなおさず、遊女たちのことばは、商売上とはいえ、際立っていた。船越義彰に「小説　遊女《ジュリ》たちの戦争　志堅原トミの話から」と題された、もと遊女からの聞き書きのかたちをとった小説がある。船越はそこで「彼女の話はすべて方言だが、その抑揚やアクセントなど、那覇方言の話し方とは趣を異にしている。俗にいう『辻言葉』である。『辻言葉』は遊郭外の人、特に男性に対しては、敬い言葉で終始する」と書いていた。

船越の言葉を証するかのごとく、「奥間巡査」に登場する遊女たちの言葉は「また、明日《あちゃん》ん、めんそーり、よー」というものであり、「遊《あし》びみ、そーれー、たい」「如何《ちゃん》ん、無《ね》えんが、やあたい」というように「敬い言葉」に終始していた。

「奥間巡査」には、その他、なじみの女の兄が使うウチナーグチなどが用いられているが、そこにはヤマトゥグチ訳がない。「九年母」のウチナーグチ、ヤマトゥグチ混交体から「許嫁と空想の女」のヤマトゥグチ訳つきへと変わっていたウチナーグチ使用が、「奥間巡査」では、ヤマトゥグチ訳なしになっていた。その変化は、ウチナーグチへの一般的な認識が広まってきたことによるようにも見える。

「奥間巡査」の発表された一九二二年は、世礼国男の『阿旦のかげ』、佐藤惣之助の『琉球諸島風物詩集』などが出版されていた。世礼は『阿旦のかげ』の冒頭に「故郷の島々に」として「ありや、伊計よ離よ、こりや、浜よ、平安座よ、平安座娘等が蹴上くる 潮の花の美しさ！」と、ウチナーグチ詩といっていい一編をおき、「琉歌訳二十八編」を収めていた。川路柳虹は「かつて「古琉球」という本で「八重山おもろ」というものの面白さを知った。自分は世礼国男の詩にも、また同氏自由訳の「琉歌」にも、その郷土と人間の情緒に不離な関係のあることをいよいよ、悟った」といい、「ことに「琉歌」訳の渾然さは、この日本最古の古謡を全く今の感覚の上に生かしたもので詩壇に対しても大きな寄与となるであろう」と評していて、沖縄の言葉で書かれたウタに興味を覚えていたことがわかる。さらによく知られているように、『琉球諸島風物詩集』には、「私はこの詩集に自然の約束として琉歌の調子と、私のうろ覚えの琉語を多く入れて、琉球にいた時の物憂いのんきな心持のみを詠んだ」と書かれていた。佐藤は、『琉球諸島風物詩集』に収めた各詩編の序詞に琉歌を置き、ウチナーグチを織り込んだ詩を詠んでいた。

世礼や佐藤のウチナーグチと関わった表現活動は、「韻文学」という分野で起こった出来事であったとはいえ、沖縄やウチナーグチへ眼を開かせるものがあったはずで、ウチナーグチへの認識を広めていったに違いない。そしてそれが、散文におけるウチナーグチ使用への抵抗感を弱め、「奥間巡査」に見られるように、ヤマトゥグチ訳を必要としない形へ向かわせた一因ではないかと思う。しかし、それ以上の発展は見られなかっただけでなく、むしろ、ウチナーグチ使用は後退していったように見える。

一九三〇年、山里永吉の作品「首里城明渡し」が発表される。それは、次のように始まっていた。

下男　旦那様！　旦那様！
宜野湾（黙ったまゝ書物から目を離さない）
下男　旦那様！　亀川殿内《かめがわどんち》の親方の前がお見えでございます。
宜野湾（やっと気が付いて振り返る）あゝ亀川親方、こんな所迄わざ〱、さあどうぞ座敷の方へ（下男に向って）おい！　親方の前を客間へ御案内申し上げろ。

琉球処分をめぐって対立する旧守派の亀川親方が、開明派の宜野湾親方を訪ねてきた場面で、「首里城明渡し」の幕があく。

一九二八年から三〇年ごろにかけて、沖縄芝居の殿堂「大正劇場」は「行き詰まり、しだいに不振の状態に陥った」という。そこで、なんとか、その状態から抜け出そうと伊良波尹吉、眞境名由康、島袋光裕の三人が、山里を訪ね、芝居の脚本をお願いする。山里は、彼らの要望を入れ、「一向宗法難記」をまず渡し、そのあと「首里城明渡し」を書きあげた。

「首里城明渡し」は、国の行方をめぐって旧守派と開明派とに分かれて争った処分期の動乱を扱ったもので「一カ月余のロングランを記録するほど大当たりをとった」（島袋光裕『石扇回想録　沖縄芸能物語』一九八二年六月）といわれ、これまで沖縄芝居を振向きもしなかったものまでが押し寄せたといわれる。芝居の成功は、名優たちの好演もあったが、そこには「セリフ」のすばらしさがあったといわれる。山里の書いた脚本は、上演台本では次のようになっていた。（「この脚本は、「首里城明け渡《ママ》し」原作と、昭和四十九年にＲＢＣ企画で上演された上演台本と、その当時のＶＴＲをもとに脚本を作成した」といわれるものである。）

三良　御旦那さり。
宜湾　（黙ったまま、書物から目を離さない）
三良　（やや近寄り。）御旦那さり。亀川殿内ぬ　親方ぬ前ぬ　居参んそーちょーいびーん。
宜湾　あ、くれー、亀川親方。くぬ様な所までぃ　わざわざ。さり、座敷んかい。三良、親方ぬ前　座敷んかい　御案内ぇー　うんぬきり。

「首里城明渡し」はヤマトゥグチで書かれていた。しかし役者たちは、それをウチナーグチで演じたのである。矢野が書いているように「この原作は、普通語で書かれており、役者は各自これを方言に改めて演じた」という。とりわけ伊良波の「せりふのうまさは原作以上であると作者は激賞している」（矢野、前掲書）といわれた。

山里の書いたヤマトゥグチを、役者たちは、それぞれに工夫してウチナーグチになおし、演じていたのである。それは、いうまでもなく、ウチナーグチが健全であったことを示すものであったが、ここで、なぜ山里はウチナーグチで書かなかったのだろうか、という疑問が湧いて来る。

山里は、ウチナーグチが書けなかったのであろうか。そんなはずはないし、書けば書けたにちがいないのである。それでもヤマトゥグチで書き、ウチナーグチは役者にまかせたというのは、ウチナーグチ表記が、単純ではなかったという問題と関わっていたのではなかろうか。書けば書けたが、それで書くには、ひどくまどろっこしい思いをせざるをえなかったというだけでなく、ウチナーグチ表記の基準が、共有されてなかったという問題があるかと思う。

ウチナーグチ表記の問題が、ウチナーグチをヤマトゥグチ表現の中から減じさせていく徴が、一九三〇年代に、話題を呼んだ作品から鮮明に見えて来る。

一九三二年、久志冨佐子の「滅びゆく琉球女の手記」が『婦人公論』に掲載される。掲載と同時に、「沖縄県学生会前会長と会長」が訪れてきて、「婦人公論紙上で謝罪せよ」という抗議を受ける。作品は中断し、「釈明文」が掲載されるといったことで話題を呼んだ作品である。その内容は、沖縄出身の叔父が、出身地を隠して生きることに反発する主人公のいたたまれなさを書いたものである。そこには、つぎのようなかたちでウチナーグチが表れてくる。

ぽつり〱と、時間を区切って行く馬の脚音に、絡みつくような御者の吹声がまことに似つかわしい没落の伴奏であった。「タルユ、ウラミトテ、ナチュガハマチドリ　アワン　チリナサヤ　ワニントモニ」と云うのだったがそれを訳すると「誰を恨んで浜千鳥は泣いているのだろう。あゝ此の辛い気持ち、千鳥に誘われて泣けて来る」立続けに御者は唄った「月ミリ《レ》バ昔ヌ《ノ》　月ヤスガカワテ《カワッテ》行くムヌヤ《モノハ》、人ヌクヽル《ノココロ》…」

「滅びゆく琉球女の手記」は、ウチナーグチ表記をカタカナ表記にした場合はヤマトゥグチ訳をつけ、漢字カタカナ表記の場合にはヤマトゥグチの読みをつけている。なかなかに工夫されたもので、それで、読者は理解できたはずであるが、ウチナーグチ表記をヤマトゥグチ表現のなかに織り込むと、そのような処理が必要になってこざるを得なかったのである。それが、わずらわしいということになれば、必然的に、ウチナーグチの使用を避けるということに傾いていかざるを得なくなる。

「滅びゆく琉球女の手記」には、そのようなウチナーグチ表記とは別に、「奥間巡査」までは見られた会話部分でのウチナーグチ使用も消えている。ウタの歌詞だけにかろうじてウチナーグチが残っていた。

それがさらに変化していく。

「滅びゆく琉球女の手記」から二年後の一九三四年、宮城聡の「故郷は地球」が発表される。「新進作家」として里見弴の推薦を受け、『東京日日新聞』『大阪毎日新聞』両紙に連載されたものである。作品は「作者自身と目される主人公が、東京での経験として、沖縄差別を描いたものである」(「脱出と回帰――沖縄の昭和初期文学の一側面――『沖縄文学の情景』)と岡本恵徳は紹介している。岡本が、「東京での経験として」という言葉使いをしているのは、作品の後半では舞台がハワイに移っていくだけでなく、ハワイでの経験を通して「故郷は地球」であるという認識を得るからである。

東京での差別、そしてその克服が思わぬかたちでハワイで訪れる展開になる作品には、沖縄の歌が次のように出てくる。

小浜なる里《さと》は　幸あるところ
北に大嶽　南は白砂《はくさ》の浜辺

西田はメロデーの一分節を聞いただけで、彼と同じく千数百マイルを隔てる西南の海中の島を故郷に持つ歌と知った。歌の源は市電線路の彼方の車道から白シャツ、ズボン姿で箱車《はこぐるま》を曳いて芝《しば》の方へ向かって行く男だ。轍の回転に空箱が共鳴して高鳴るのも忘れ果てた様子で、平和な故郷を声に描き出しているらしい。

「箱車を曳いている」男の歌っている歌は、「小浜ティル、島《シイマ》や　果報《カフ》ヌ　島ヤリバ　大嵩《ウフダギ》バ　クサディ　白浜《シルバマ》　前《マイ》ナシ」(喜舎場永珣『八重山民謡誌』一九六七年六月)と歌われる「小浜節」としてよく知られている歌である。その歌が、「滅びゆく琉球女の手記」に見られた歌の表記とは異なり、いわゆるヤマトゥグチ訳で表記されていたのである。歌のヤマトゥグチ訳表記だけでなく、会話部分だけだったとはいえ明治、大正期の作品には見られたウチナーグチ会話も見えなくなってしまっている。それのよく表れているのが、次のような箇所である。

駅前の広場で三人の女が一人の男に何か訊いたが言葉が通じない様子。白粉《おしろい》のつけ方や著物《きもの》の著こなしなどの無器用さ、骨格や顔の輪郭など何処からとなく来る感じによって、西田は故郷の者に違い無いと思い、近寄っていった。そこにいた男はさっさと去った。貴方達は何を訊いているか、と西田は沖縄の標準語、首里の言葉でいった。女達は吃驚したが、四十を余程《よほど》越した年配のが応じた。
「あらツ、貴方様も田舎の方でしたか」

作品は「沖縄の標準語、首里の言葉でいった」と、西田の言葉使いについて説明しているだけで、その言葉を記していない。そこまではまだいいとして、西田の言葉に応じて年配の女が返した言葉が、ヤマトゥグチになっていた。彼女たちの言葉があきらかにウチナーグチであったのは、先に「三人の女が一人の男に何か訊いたが言葉が通じない様子」であったことからわかる。それにも関わらず、ヤマトゥグチにしていたのである。

ヤマトゥグチ表現にウチナーグチ表現を織り込んでいく手法に、明らかな変化が起こっていたのである。

地方色を出すために、あえてウチナーグチを織り込んでいくという必要はもはやなくなっていたのであろう。昭和に入るころには、沖縄の長所も短所も、ある程度知られるようになっていたに違いないが、知られていく事で、大きな問題も出てきていたのである。

それは、一九二六年に発表された広津和郎の「さまよへる琉球人」と一九三二年発表された久志冨佐子の「滅びゆく琉球女の手記」をめぐって起った筆禍事件に見られるように、沖縄をめぐる「差別」の問題が浮上してきたことである。琉球蔑視は、琉球処分直後から問題にされてきたし、沖縄近代文学のテーマの一つとして変わらず伏流していたものであった。

高等教育を受けるにも、仕事を求めるにも、ヤマトに出ていかなければならなくなったことで、問題が顕在化し、深刻になっていくのであるが、「故郷は地球」には、それが沸点に達しているかにみえる状況が描き出されていた。

「故郷は地球」からウチナーグチが消えた一因をそこに見ることができるが、もちろん、沖縄を表現するのに、あえてウチナーグチを織り込む必要はない、といったこともあったであろう。

宮城は、一九三五年「罪」を発表している。そこでも歌をうたっている男が登場するが、その歌は「朝凪に夕凪、屋我地島漕ぎ渡らん、屋我の傘松に感慨《おもい》われ残す」というものである。この歌は琉歌をヤマトゥグチにしたのではなく、宮城が、いかにも琉歌らしいかたちで創作したものであった。

「罪」は、病気になった遊女を救うために、経営を任されていた店の金を盗み出したことで罰を受けるというもので、そこには遊女との会話が出て来るが、彼女たちの言葉もれっきとしたヤマトゥグチになっていた。沖縄の遊女を描くということになれば、「奥間巡査」がそうであったように、ウチナーグチこそよくその雰囲気をかもし出すものであったに違いないが、そこからもウチナーグチは消えていた。

戦前沖縄の遊郭で遊んだ事を書いた作品に火野葦平の「歌姫」があった。火野はそこで遊女との会話をウチナーグチにしていた。遊女たちは、少なくともウチナーグチを中心にして生活していたことからして、その場にふさわしいものとして、ウチナーグチがあって不思議ではなかった。ちなみに、火野と同行して遊郭で遊んだ中山省三郎は、「うちなあんかい、んじゃるばしょう、いるいるうしわになやびて、いっぺえ、にふえでびる。わんねえ、ぬうさびんねえらん、とうちょうんかい、けえやびたしが、うちなあぬこと、といふき、なふあぬまちまち、しゅいぬみちみち、わしらりやびらん」(『スキート』一九四一年十月)と、実に見事なウチナーグチになる手紙を書いていたが、このウチナーグチ習得の大半は間違いなく遊女から仕入れたものであった。

「方言論争」をよそに、ウチナーグチに執心した者たちがいたが、彼らは旅人であったことで、たわむれに、ウチナーグチを使ったということはあろう。それが遊郭と無関係ではなかったことを思えば、宮城が、遊女との会話でウチナーグチを用いてないのは、不思議であった。宮城は、使われていて当然と思われる場でもウチナーグチを用いてなかったのである。

宮城は、新進作家として登場したころから、ウチナーグチをヤマトゥグチ表現のなかに織り込むということをしてないが、宮城と同時期活動した表現者たちの作品はどうだったのだろうか。

同時期最もはなやかな形で登場した一人に与儀正昌がいる。彼の作品として知られているのに「榕樹」と「顛末」がある。前者は、舞台が東京ということもあって、ウチナーグチが見当たらないのは納得できる。後者は、沖縄が舞台で、村の中で起こる様々な問題が扱われているが、その一つに、ハンセン病を患う男が、知恵の足りない娘のところに通い、子供を作ってしまうというのがある。その男の最後が描かれて作品は終わるが、そこにウチナーグチが次のように出て来る。

彼は運命の残酷さに身震いしながら、今更に他人の運命を荒し廻ったことが深く反省されて生きた心地もなく寝床に横たわっていた。すると、その時何者の仕業か、人の肺腑を抉るような悲しいメロデーを張り上げて道歌が流れて行った。

「誰ゆ咎みとて鳴ちゅがゆむ鳥、呪いする者と罰や共に。」

鳥は凶鳥で「ゆむ」は嫌悪を現す接頭語である。で、この歌を解釈してみると、「誰を咎め立てゝ馬鹿鳥よ、お前は鳴いているのか、凶事を呼ぶお前の上に報いは返って欲しいもんだ」という意味であるが、これは

「誰ゆ恨みとて鳴ちゅが浜千鳥、哀れ情《つれ》なさやわみん共に」

即ち、「誰を恨んでよ浜千鳥よ、お前はそんなにも悲しげに泣いているのか、哀れ、情なさはなに

もお前ばかりではなく、私もまたそうだ」という意味の古歌をざれたつもりらしい。

沖縄の人が読者だと考えれば、歌に注釈をつける必要はなかった。そしてその歌が、「古歌」をもじったものであることについての注釈も必要なかった。与儀は、沖縄の読者を想定してなかったのではないか。沖縄を舞台にした作品であるとはいえ、それは、ウチナーグチの分からない人々に向けて書かれていたように思う。

歌のヤマトゥグチ訳付きは、「滅びゆく琉球女の手記」に見られる手法であった。それからすると、久志をはじめ宮城、与儀たちは、ウチナーグチ使用者の読者を、ほとんど眼中においてなかったといえるかもしれない。

同時期もっぱら同人誌で活動していたのに石野径一郎がいる。彼は多作で、多くの作品を残しているが、その一つに「屋取譜」がある。「屋取」というのは、王府の解体で都落ちした士族が開墾をはじめた村落のことで、作品は、その「屋取」で、再び首里の都にのぼる夢を見て暮らす一家の日々を書いたものである。

作品の作中年代は不明だが、「非常時だ、琉球列島が舞台になって、……（以下伏せ字）」とか、「叔父貴、兵隊から帰って来たら」といった文言が散見するところから、満州事変前後の時代を扱ったものかと思われる。

首里といわず「屋取」といわず、経済的に厳しい時代を背景にしているが、作品には、「組踊」

を練習する子供たちをはじめ、その一節を朗唱する父親が出て来る。ということは、ウチナーグチが随所に出て来るということでもあるが、それは、日常語ではなかった。会話にはウチナーグチはない。

一九四〇年には、よく知られているとおり「方言論争」が起こる。ウチナーグチをめぐる論争は一年にわたって続くことになるが、琉球処分にはじまったウチナーグチの受難は、教育の場を初めとし、徴兵制度や移民、出稼ぎの増加に伴い、ますます深刻になっていく。それが「方言論争」であらわになったともいえるが、その論争が起こる以前に、ヤマトゥグチ表現の中のウチナーグチは、かろうじて見られた会話の部分からも消えようとしていた。

会話でのウチナーグチ使用の消えた作品に描かれたのは、「屋取」であった。士族であったことの誇りを辛うじて「組踊」でつなぎとめている人たちを描いていた作品は、ウチナーグチの日常的な使用は消えても、劇文学のなかには残っていくということを示した、極めて象徴的な作品であったといえるかもしれない。

石野径一郎は、一九四二年『南島経営』を刊行する。その祝賀会を回想し、一九五〇年四月『おきなわ』創刊号に、「沖縄やまと口礼賛」と題した随想を寄せている。石野はそこで、一九四二年の秋、『南島経営』の出版記念会を先輩や友人に開いてもらったことへのお礼を述べたあと、テーブルスピーチで「同郷の先輩A氏」が「作者はこれだけの長い歴史小説を書くのに、どれくらい言葉の苦労をしたであろうか。内地の諸氏には恐らく想像もつかないことであろうが、私たち琉球人にはすぐにわかることである。われわれ琉球人、沖縄人は、おそらく死ぬまでこの苦労をする。だが死ぬまで苦労してもついに日本語の体得は無理であろう。それが言葉というものである。沖縄県の人は、日本語の小説は書けないと思われる――」と話したといい、それに対して石野は、「標準語」学習は、沖縄人だけが苦労したのではなく、どの地方でも経験したことであり、「人間は七島灘を越えられたのに『言葉の七島灘』だけが、越えられないという道理はない」と、A氏の話に不満をあらわにしていた。

石野の憤懣やるかたない思いは、沖縄の人の「標準語」習得についての見解にたいしてだけでなく、より強く「沖縄県の人は、日本語の小説は書けないと思われる――」といった発言に関わってのものであったといっていい。

小説作品の出版記念パーテイーの祝いの場で、こともあろうに沖縄の人には「日本語の体得は無理」で「小説は書けない」といった否定的な発言がなされれば、小説を出版した石野ならずとも面白くない思いをしたに違いない。石野はことのほかA氏のことばにこだわり続けたように見える。

一九五一年九月、石野は『沖縄タイムス』に「守礼の国」を連載する。連載の最初に「発表にあたりて」として「作者のことば」を出していた。そこでA氏は、伊波普猷であったことがわかる。「作者のことば」は、『おきなわ』に寄せた随想とほぼ同じ内容になるもので、そこでも「石野君は琉球人であるから、日本語の小説を書くのに大変苦労をしたであろう。沖縄人には小説を書く事は所詮ムリである。言霊がないからである。言葉の七島ナダということを考えて、私は宿命的と言いたい」と伊波の述べたとされる言葉をとりあげ、「憤まんやるせなかった」と書いていたのである。石野は、「作者のことば」で、『おきなわ』で書いた「そのエッセーのテーマは」として「私は沖縄大和口なるものが文章の中に、洗練された格好で出て来るのを望むものであるが、それは日本語に対する悲観論や、敗北主義から出た意見ではなく我々の日常語である日本語の上に、沖縄語の美しさや味を加えて、新しい文章語を作ろう、といったイミである」と、それとなく伊波を批判していた。

石野が「新しい文章語を」という考えを抱いたのは、一九四二年、伊波の言葉に憤慨してのことであったかどうかは判然としないが、伊波のスピーチのあとなされた評論家青野季吉の挨拶が関係していたことはまちがいない。

青野は、石野の作品「南島経営」には「琉球語を生かす工夫が全然なされてない」といった作品の難点を指摘すると同時に、明治期の作家たちは地方語を生かして見事な作品を書いていたという挨拶をしていたのである。

石野に影響を与えた青野の挨拶を伊波がどう聞いたか不明だが、伊波は、沖縄出身作家志望者の小説の出版祝賀会だということで、特別な挨拶をしたわけではなかった。

一九三〇年、伊波は『文芸春秋』三月号に「琉球と大和口」を寄稿している。伊波はそこで、「大和口」の習得期を経て、その「大和口」があまねく広まっていったこと、しかし、人々のこころに訴えるには「沖縄口」が有効であること、国家を統一するためには国語は必要だが、そのために「あらゆるものがその犠牲に供せられるという有様」ではいい結果は期待できないとしながら、「琉球語に永く生命があるとは思ってない」という。そして伊波は「琉球語は破産しかけているが、仕方がない。そうかといって、自分たちの日本語は、まるで吃音者の言葉のようなものである。いわば、破産しかけた家の子供が、借金で生活しているようなものである。今に至るまで、琉球が一人の創作者を出すことが出来ないのは、専らこうした国語問題が横たわっている為である」と書いていた。

一九三〇年、伊波はすでに「琉球が一人の創作者を出すことが出来ない」と書いていたのである。石野が「大要」として出していた一九四二年の伊波の挨拶は、「琉球と大和口」とほぼ同内容であったといっていいのだが、伊波は、「ウチナーグチ」を「ヤマトゥグチ」表現のなかに織り込もうと試みた明治、大正の創作者たちをほとんど問題にしてなかった。

一九三〇年の「琉球が一人の創作者を出すことが出来ない」という言葉が、一九四二年には「沖縄県の人には、日本語の小説は書けないと思う」となっていた。言い方は異なるとはいえ、同じことをいっていたに等しいが、では、どうすれば、「日本語」の小説の書ける「創作者」は生まれてくるのだろうか。

そのことに関して一九二四年、伊波は、池宮城積宝に呼びかけるようにして「君たちはこの個性を表現すべき自分自身の言語を有っていない。君たちが有っているのは、それは借り物だ。この借り物を自由に使用し得るまでに、君たちの年齢と精力とは浪費されてしまう。だから沖縄人にとっては、小説家になるのは、アイルランド人が小説家になるのと同じ位に、困難であろう。彼らはこの言語という七島灘を越えた暁に、はじめてショウやシングのような鬼才を中央の文壇に送り出すことが出来よう」(「琉球文芸叢書に序す」『沖縄タイムス』大正一三年三月二十三日)と書いていた。

一九四二年のスピーチは、伊波の持論を展開したものであったといっていいだろう。もはや「琉球諸語」を用いて小説を書くことが不可能であるとすれば、「言語という七島灘を越え」る努力と同時に、明治、大正、昭和戦前期の試みを再度検討し、石野がいう「日本語の上に、沖縄語の美しさや味を加えて、新しい文章語」を作ろうと志す以外に道はないであろう。

# 散文に描かれた首里グスク

1

首里城を舞台にした印象に残る作品のひとつに山里永吉の「首里城明渡し」がある。一九三〇年三月『琉球新報』に発表され、同年同月大正劇場で上演され、沖縄芝居の新しい時代を画したとして、称賛された作品である。

作品に登場する主要な人物は、宜野湾親方と亀川親方。前者は日本派(開明派・白党)、後者は中国派(頑固派・黒党)である。時代は「明治八年三月より同十二年迄」のいわゆる「琉球処分」期である。当時、琉球は、その所属をめぐって両派が激しく対立し、混乱するさなか、明治新政府の武断政策によって、一八七九年、国王尚泰は「首里城」を退去、琉球王国は崩壊する。

作品は、その最後を「あゝ御城が見える。――暮れて行く夕空にくっきりと浮かんで見える。――幼い時から住みなれた所、先祖代々つたへられた御城、それと別れるのが余は一番寂しい」と、退去を命じられて城を出た尚泰王の言葉で閉じていた。

山里の作品は、当時の名優たちの好演もあって、これまで芝居などふりむきもしなかった知識層をも刺激し、「これに類する戯曲に筆を染める人」を輩出させたと、金城朝永はいう。そして伊波文雄、古波鮫漂雁、石川文一の名前をあげ、彼らの登場と活動は玉城朝薫の時代に次ぐ「第二の文芸復興期の観を呈した」と、一九三〇年代の沖縄の文学動向を概観していた。

山里の「首里城明渡し」の発表が、大きな反響を呼んだことはわかるが、山里は、なぜ半世紀もたって王国の崩壊を取り上げた作品を書いたのだろうか。そして、山里の作品に類する作品がなぜ多く生まれてきたのだろうか。山里には新しい芝居を提供するといった使命があったことは確かだが、それだけではなかったのではないか。

国王が退去した後の首里城に入ったのは、熊本鎮台歩兵第一分遣隊。日清戦争の勝利で、台湾を領有したことで、一八九六年（明治二九）七月には撤退し、南門の守備を沖縄から台湾に移し、首里城は、学校の施設として利用されていく。

一九〇四年（明治三七）一月師範学校が焼失したため、県立高等女学校が首里城内の仮校舎に移転、「私達の教室は正殿の前を右に折れて上の方にある御座敷二室でしたが、毎日未明に起きていくつもの門を通り、登校しました」（『ひめゆり　女師・一高女沿革誌』）といった回想文からも分かる通り、一九〇七年（明治四〇）新校舎が落成するまで県立高等女学校が使用していたのをはじめ、「首里市立女子工芸学校、沖縄県立工業徒弟学校、首里第一尋常高等小学校などの校舎として利用」（『首里城入門』首里城研究グループ編　一九八九年九月）されたという。一九二〇年代になると、老朽化が激しく、首里市会は「首里城正殿を解体して住宅組合の資材にすることを議決」する。

解体作業がはじまったのを見た末吉麦門冬は、上間朝久に「糾弾の筆を」とらせ、朝久は「二週間ぐらいたてつづけに筆誅を加えた」という。首里城解体のニュースは、台湾からの帰途沖縄に立ち寄った伊藤忠太の知ることとなり、さっそく文部省に電報を打ったところ、中止命令がきて、首里城は生き延びることになる（「末吉麦門冬」『沖縄の百年　第一巻――人物編』）。

末吉、上間、伊藤そして鎌倉芳太郎などの尽力により解体に瀕していた首里城は、一九二五年（大正一四）特別保護建造物に指定され、一九二八年から修理事業が始まり、一九二九年には国宝となり、人々の尊崇の的となっていく。

王国解体後、熊本分遣隊の駐屯地となり、各種学校の仮校舎となり、そして荒廃し、とりこわされる寸前救われ、国宝に指定され、修繕工事によってもとの威光をとりもどすことになった首里城を、万感の思いをこめて見つめたのに山里永吉がいたことは間違いない。山里は『沖縄史の発掘』で、中学時代、『琉球見聞録』に記された首里城から中城御殿に移っていく一行に対する守衛たちの酷薄、非礼な扱いを記した個所を読んで、「思わず涙が込みあげてきた記憶がある」と書いていた。

「首里城明渡し」は、国宝としてよみがえった首里城に感激するとともに、在りし日の痛憤がよみがえってきて、書かずにはおれない思いで書かれたものであったにちがいない。そして、「第二の文芸復興期の観を呈した」といわれるように、伊波が「腓城由来記」を書き、古波鮫が「台湾征伐と琉球処分」（『琉球新報』一九三一年四月）を書き、石川が、得意な時代小説に腕をふるうといったようにそれぞれに歴史に材をとった作品を発表していったのも、首里城が国宝としてよみがえったことと無縁ではなかったであろう。

## 2

一九四一年一二月アジア・太平洋戦争がはじまり、戦線が日本に近づいてきた一九四四年三月、第三十二軍の首脳らが沖縄に着任する。一二月、首里城地下に司令部壕の構築を新たに開始。四五年「三月二十九日夜を限りとして、陽光を見ない洞窟生活が始まった」といい、司令部壕にはいった高級参謀八原博通は「地下三十メートル、延長千数百メートルの大洞窟、多数の事務室や居室、かつての銀座の夜店もかくやと思う。二六時中煌々たる無数の電灯、千余人の将兵を収容して、さながら一大地下ホテルの観がある」(『沖縄決戦』)と感嘆する。首里城は、そのように地下深くに「一大地下ホテルの観がある」三十二軍の拠点を隠し沖縄戦を迎えるのである。

三月二六日、米軍は慶良間列島に上陸。ジョージ・ファイファーは、沖縄戦のドキュメンタリー作品『天王山　沖縄戦と原子爆弾』(小城正訳)で、「ペリーは力を誇示することによって、攻めることも守ることもできない無力な島においておもうがままにふるまうことができた。そしてその九十二年後、同名の新しい艦が、首里城に狙いを定め、砲手たちは十六世紀の記念碑と国家の中心にとどめを刺そうとしていた」と書く。

ミシシッピーの一四インチ砲、コロラドの一六インチ砲から打ち出される艦砲射撃を一日中浴びても全く損害を受けたように見えなかった城壁も二日目には亀裂が見え始め、三日目には、ミシシッピーをさらに陸岸近くまで移動して射撃を継続したので、「五月二七日の夕方になると巨大な城壁は崩壊し、五世紀間にわたって琉球王がそこで国を支配し、沖縄文化の中心であった昔からの城は、瓦礫の山となっていた」とジョージ・ファイファーは、記す。

『天王山』は、三日間にわたって艦砲弾を浴び続け、「瓦礫の山」になった首里城が、いかに美しかったかを記した二つの文章を引いたあと、首里城の壊滅は「世界の文化と文明にとっての損失ははかりしれず、何ものかをもって代えることはできないものであった」と痛憤の思いを吐露していた。

ミシシッピーの一四インチ砲、コロラドの一六インチ砲による砲撃は、首里城の地下に張り巡らされた司令部壕を破壊することにあったことは間違いないが、あと一つ、文化の中心として尊崇されていた首里城を瓦礫の山にすることで、戦闘意欲を減退させることができるというよみもあったのではなかろうか。

井伊文子は、沖縄にくるとかつて寝泊まりした「中城御殿」をはじめ、「わが王城の地」である首里が、今では「なんともはやみじめな、白茶けた土の色ばかりがやけに目立つ殺風景ともなんともいいようのないうるおいを欠いた場所になってしまった」と悲憤する。そして、筆を転じ「砲弾にふきとんでしまった首里城正殿跡には米国の援助で琉球大学が建ち、次から次へと鉄筋の校舎が建ってゆく」と新しい時代に向かう沖縄を寿ぎ、「王城やあの鬱蒼たる森、静かな石畳道など失われ索漠たる場所になったがあと十年二十年もすれば、再び濃い緑に覆われ、ここは基地もない静かな学都になるであろう」（「今日の琉球」『短歌研究』一九五九年七月）と期待を寄せていた。

瓦礫と化した王城あとに琉球大学が創設されたのは一九五〇年。井伊が指摘している通り「米国の援助」によるものであった。

一九四七年八月、アメリカ軍政府副部長マグマホン大佐は、マッカーサー元師が、沖縄人の日本への留学を喜んでいないこと、沖縄は、日本と違った特殊な立場にあるから、その教育もまた日本とは異なる特殊な立場においてなされるべきこと、沖縄の教育は沖縄の大学で行われるべきで、大学の設置をできるだけ早く始めるようにと、沖縄に大学を設立すべきことについての知事との談話を発表。四八年にはマッカーサー司令部琉球局長ジョンH・ウエッカリング准将一行が首里城跡を視察、四九年、本館及び教室、図書館等の建設開始、そして五〇年五月には開学にこぎつける（『琉球資料　第三集教育編』）。

琉球大学の開学は、沖縄県設置後も、大学を創設することなく、高等教育を受けるためには、沖縄を出ていかなければならないという歴史に終止符をうった出来事であった。

琉球大学が、次から次へと校舎を建て、大学らしい組織を整えていくにつれて、王城の記憶は薄らいでいくかと思われたが、一九五二年崇元寺石門修復、一九五七年園比屋武御嶽石門復元、一九五八年には守礼の門を復元する。井伊はそれらの復元について「復古趣味ではない。よき伝統を伝え、精神のよりどころとする為に復元するのだというのが沖縄の政治家の信念でありこの良識こそ沖縄をアメリカナイズさせる事なく、よき軌道に乗せていくものであろう」と述べていた。

井伊は、「琉球王家出身」であった。かつて寝泊まりした「中城御殿」から眺めた王城の消失は、「首里城明渡し」の最後に記された父王尚泰の、「あゝ御城が見える。――暮れて行く夕空にくっきりと浮かんで見える。——幼い時から住みなれた所、先祖代々つたへられた御城、それと別れるのが余は一番寂しい」という、その寂しさを身に染みてわかる一人であった。彼女が、守礼の門等の復元を、喜んだのは間違いないし、首里城の復活を、もっとも強く望んで不思議ではなかった。

## 3

一九七三年七月一一日『琉球新報』は「首里城の復元期成会が誕生　会長に屋良知事」の見出しで、「昭和四五年以来、旧琉球政府文化財保護委員会によって歓会門、久慶門それを連結する城壁の復元計画をたて、さらに琉球大学の中部地区移転の完了を待って正殿を復元する第二次計画も立案作成した」と報じ、会長の屋良知事が「沖縄の文化は日本文化の上に独特の文化を創造してなりたっている。沖縄文化の象徴ともいえる首里城を復元することはまことによろこばしい」ことであると語ったと伝えていた。

首里城の復元計画が動き出し、一九八六年には、「国が国営公園整備事業として首里城の建設を決定」（『報道写真集　首里城』沖縄タイムス社）する。八九年、復元工事が始まり九二年一〇月竣工。一一月二日、開園式典で、大田昌秀沖縄県知事は「先の大戦で貴重な文化財を失った私たち県民にとって、首里城は心のよりどころ。二一世紀を展望し、新たな時代にふさわしい文化を創造、発展させる上でも貴重な役割を果たす」（『甦れ！首里城』琉球新報社）と祝辞を述べていて、首里城はあらためて沖縄県民の「心のよりどころ」となっていく。

首里城の建立が「新たな時代にふさわしい文化を創造、発展させる」契機をなすものとして歩き出したその年、王国の歴史をあぶりだした二つの小説作品が刊行されていた。一つは陳舜臣の『琉球の風』全三巻であり、あとの一つが嶋津与志の『琉球王国衰亡記』である。前者は、尚寧の時代、すなわち「薩摩の琉球入り」の時代を、後者は、尚育王代から尚泰王代の時代を背景に、大国に翻弄されながら「新たな時代」を迎えつつあった王国の歴史を、一方は謝名親方、一方は牧志朝忠に焦点をあてて書いていた。

二つの作品が、首里城の建立と軌を一にして刊行されていることからわかるように、それぞれの作品には首里城と関わる描写が数多く見られる。

例えばその一つ、薩摩軍が占拠した首里城から、国王以下臣下たちが、城を出ていく際、「あまりにも慌てすぎたのか、符文に用いる勅印」を置き忘れてしまうということが起こる。「勅印」は、明国から授かったもので、それがないと明国との往来が出来なくなるという大切な「下賜」品で、それをめぐる場面である。

首里王宮はすでに薩摩軍に占領されていた。誰もが恐れて取りに行こうとしない。金応魁は単身、王宮に乗り込み、

—忘れものがございました。失礼。

と、勅印の盒を取り戻した。あまりにも堂々とした態度なので、薩摩の軍勢も気をのまれたという。

『琉球の風』は、先に触れたように尚寧王の時代を扱ったものであった。ということは、尚寧王が、臣下とともに首里城を退去していく際、「勅印」を置き忘れてしまい、それを臣下の一人が、取りに行って、無事持ち出すことができた、ということであった。

それと同様な出来事を、山里永吉も「首里城明渡し」で書いていて、それは次のようになっていた。

亀川、池城二人が花道から御印判を持って走ってくる。

亀川　津波古親方！　御印判は両人でたしかにとって参りました。

（御印判を津波古に渡す）

津波古　取って参ったか。二人とも天晴な若者ぢや。

津波古、御印判を御主加那志にお渡しする。

尚泰王　亀川、池城、今日は余が礼を申すぞ。

尚泰王が首里城を退去して間もなく「御印判」を置き忘れたことに気づき、臣下に「誰か取りにやってはくれまいか」という。そこで、二人の若者が進み出る。二人は、すでに門が閉じられ、薩摩の警備兵たちが守りを固めている城内に入り、格闘のすえ、「御印判」を持ち帰るという場面である。

「勅印」あるいは「御印判」と呼ばれているものの「置き忘れ」に関する記述は、『琉球見聞録』には見当たらない。山里は、多分『琉球の風』に見られる「金応魁」の件を知っていて、それを借用したのではないかと思う。金応魁は、一六〇四年、尚寧の冊封使夏子陽を迎えるため渡唐、〇六年帰国し、〇九年「薩摩入り」で、尚寧が王城を出た際「中国明朝から給された詔勅や印鑑を城内に置き忘れ一騒動となった。城内の薩摩兵を恐れ、だれ一人取りに行こうとする者がないなかで、応魁は〈勅印を失えば今後の中国との往来は何をもって徴とするか〉と奏し、自ら赴いて無事持ち帰った」（田名真之「金応魁」『沖縄大百科事典』）という。そのように、「置き忘れ」事件とでもいえる出来事が起こったのは、尚寧王のときであったことがわかる。

『琉球の風』の記述が史実にそっているといえるが、事実関係については、ここで問うところではない。ここで問いたいのは、この「置き忘れ」が、大切な出来事として描かれていたということである。

「置き忘れ」たものは、それがないと「明国との往来ができなくなる」から「取り戻した」というだけではなかった。「置き忘れ」たものは、いってみれば、王国の存在を確認させるものとしてあったといっていい。それを失えば、まさしく亡国そのものになりかねない、ということであった。

山里が、「首里城明渡し」で、「薩摩入り」の際に起こった出来事を、「琉球処分」の際に起こったように描いていたのは、「御印判」あるいは「勅印」が、国の威信と大きくかかわるものであったということにほかならない。

「首里城明渡し」には尚泰が、『琉球の風』には尚寧が、首里城から退去していく姿が描かれていた。「首里城明渡し」には、「夕空にくっきりと浮かんで見える」「先祖代々つたへられた御城」を、万感の思いをこめて見つめる尚泰の姿が描かれていたが、それは先に尚寧が味わった思いでもあったであろう。

これから見も知らないところに連れていかれる。そういう思いを秘め、退出してきた王城を見つめる尚泰の心は、まさに山里が描いている通りであったであろうが、尚泰とは似ても似つかない思いを抱いて、首里城を見つめた者のいたことを書いた作品があった。

『琉球の風』と同年に刊行された嶋津与志の『琉球王国衰亡記』がそうである。『琉球王国衰亡記』は、牧志朝忠の生涯を描いていたが、牧志が、いわゆる「牧志恩河事件」の糾明という名目で薩摩に連行されていく船上から首里城を見る場面がある。嶋は、「御城の高石垣が朝の陽を浴びて白く輝いている。その御城に向かって朝忠はツバを吐きかけてやりたい気分だった」と書き、さらに続けて「――因循姑息、門閥主義の巣窟。あの御城ももはやながくはあるまい。新しい時世がくるのだ」と付け加えていた。首里城を、そのように「門閥主義の巣窟」で「新しい時世」の妨げになるものだとみたのも確かにいたにちがいない。

4

『琉球王国衰亡記』は、一九八六年九月一八日から八七年六月三〇日まで『琉球新報』に「異風の門」と題して掲載されたのを手直しして刊行されたものであった。それから分かる通り、同書の刊行は、首里城の峻成に後押しされてのものであったといっていいだろうし、あと一つの『琉球の風』は、首里城の竣工に花を添えるために書かれたものであったといえよう。

二つの作品は、首里城の竣工が機縁になって刊行されたといえるが、その後も、王国の歴史に材をとった作品が書かれていた。一九九五年一月ほぼ重なるようにして刊行された赤嶺精紀の『金の壺』と『官生物語』とである。首里城との関りということになれば、後者はともかく、前者を取り上げないわけにはいかない。

『金の壺』は、尚質王の時代活躍した向象賢の活動を描いたものである。そこに、次のような場面が出てくる。

火は、すでに板葺きの屋根にも燃え移り、古びた正殿の建物はまたたくまに火の海と化していた。(中略)正殿を燃えつくした火は、尚質王一家が間一髪のところで逃げた後、黄金御殿に燃え移り、その勢いを増していた。火は空高く燃え上がり、あたり一面に火の粉をふりまいている。黄金御殿の次には、寄満に燃え拡がり、さらに御内原をも包みこんだ。(中略)

巨大な火柱となった紅蓮の炎は、いま、天にも届くほどの勢いで燃えさかっていた。人間をよせつけようともしない火は、思うがままにその触手を城内のいたるところに伸ばしている。火は、いま、魔物そのものだった。しかも、風までも火に味方して、まるで人間を愚弄するかのごとく、火の粉を城内のいたるところに降らしていた。

天は雨の代りに、火の粉を衆生周辺に降らしていたのである。夜空に飛び散る無数の火の粉は、花火と見まごうばかりの絢爛さだったし、それはまがまがしくも壮観な眺めだった。


首里城は、沖縄戦による焼失を含め過去四回全焼しているという。『金の壺』は、二回目の一六六〇年旧暦九月二七日に起こった失火による炎上を、右のように描いていた。そして、焼け跡に立つ尚象賢の心中を去来する思いに筆をのばし、ここに建っていたのは「単なる建造物としての御城ではなく、この琉球国に生まれ育った人間にとって、それは尊敬のまとであり、信愛と信頼を寄せるにたる、心のよりどころとしての御城であった」といい、「御城は、自分ばかりではなく、琉球に住む万民にとっても、心の支えであったはず」であり、「御城は、琉球国が安泰であるという、一つの証拠でもあり、目じるしでもあった」と続け、さらに「御城がそこにある限り、琉球の人間は、より強きもの、より正しきもの、より豊かなるものへの憧憬をこめて、国王を尊敬し、信頼してきたのであった」と書いていた。

首里城の焼失が、国王を支える職責にある尚象賢だけでなく、沖縄の万民にとって、いかに重大な出来事であったか、阿嘉は、筆の及ぶ限りを尽くして書いていくのである。『金の壺』は、首里城焼失を描こうとしたものではなく、御城の焼け跡から出てきた、かたちのいびつになった金の壺とあと一つ献上品として運ばれた金の壺が盗難にあうという事件を重ねて展開していく物語であるが、その想を得た一端に『琉球の風』があったのではないかと思われる。

『琉球の風』は、尚寧王妃が亡くなり、尚寧王の眠る「浦添ゆうどれ」に葬られたと閉じているが、その少し前に、謝恩使として渡唐した一行が持参した献上品の金壺が、盗まれるという事件があったことが記されたあと、次代を担う芸能関係者のことや「金壺事件のことなどは、おのずから派生した別個の物語である」としていた。その「別個の物語」を、取り込んで正面から描いたのが『金の壺』であったということである。

一九九二年の首里城竣工は、大田昌秀が述べていたように、「心のよりどころ」となっただけでなく、幾つもの作品を生み出させていく契機にもなっていたのである。

## 5

嶋の『琉球王国衰亡記』は、新聞に連載したのを首里城建立の年あらためて単行本にしたものであった。琉球の歴史を材料にして書かれた新聞連載小説ということに関していえば、もっとも華やかであったのは五〇年代初頭から七〇年代にかけての時期であったといっていいだろう。

その最初を飾ったのは石野径一郎の「守礼の国」で、一九五一年九月から一二月にかけて一〇二回にわたって『沖縄タイムス』に連載された。石野が、新聞連載小説の最初を飾ることになったのは、他でもなく一九四九年から『令女界』に連載した「ひめゆりの塔」で、その名を広く知られるようになっていたからであろう。

「守礼の国」は、尚敬王代に活躍した蔡温、平敷屋朝敏の思想と行動を描いたものであった。石野は、その連載を閉じるにあたって、「最後に、読者諸兄姉から、史実についての御教示を頂きたく、もしそれが願へましたら、私は大変光栄と存じます。小説の、当然のケンリとしてのウソ（フィクション）は許して頂くとして、とにかく、広く、深く、沖縄を知る、と云ふ事は、他の作家は知りませんが、私は、義務と思っています」と書いていた。石野は、歴史に材をとった小説を書くにあたって、史実を知ることは大切なことだが、小説が、虚構であることもまた知ってほしいと要望したのである。小説とりわけ歴史小説は、史実そのものをうつしたものとして読まれがちであり、連載中、史実にはないことを書いているといった指摘があって、それに答えるための「後記」であったかとも思える。いずれにせよ、「小説」は、石野の言う通り、「当然のケンリとしてのウソ（フィクション）」によって、生き生きとしてくるといえるし、そこに醍醐味もあるといっていいだろう。

石野の次に登場したのは田幸正平である。田幸登場は、山里永吉の推挙によるが、彼は、戦前山里の後に出てきた作家の一人で、「中山薩摩党」「尊円父子」「海邦養秀記」といった「時代物」をいくつか発表していた。田幸の歴史小説「宜野湾王子譚」の連載は五二年八月五日から一〇月二〇日まで七一回にわたり、尚灝が農民や村民の中に入り、活動する姿を描いたものである。尚灝は、尚温の弟で十八歳、尚温が十九歳で夭逝、嗣子尚成が四歳で即位するが、同年逝去したため、一八〇八年王位につく。王位につく前は具志頭王子を名乗った。田幸は、もちろんそのことを知っていた。しかし作品を書くため「人名等は大方変更した。主人公の尚灝でも、実際は宜野湾王子でなく、具志頭王子を称していたらしい」といい、「此処いらは、作者のロマンティシズムの詩的変更を御認め下さって、御勘如を願う次第である」と断っていた。作品が史実と異なるのは「作者のロマンティシズム」によるものだとしたのである。田幸は、一〇〇回ほどの連載を要望されていたが「作者多忙の為」として擱筆していた。一九五八年には、一月二四日から九月一二日まで「尚灝即位十二年位後の話」として、「前の小説と縁がないともいえない」作品「琉球鼓」を、二三〇回にわたって『琉球新報』に連載していた。

戦前から作品を発表していた石野も田幸も、歴史を扱いながら必ずしも歴史通りではないことを断っていたが、金城朝永が「第二期の文芸復興期」に登場した作家としてあげ、戦後も歴史を素材に自由奔放ともいえる想像力を駆使し、連載小説を数多く書いたのに石川文一がいる。

石川の戦後の初登場は、一九五五年八月「南海の渦」の連載からではないかと思うが、そのあと「大動乱」（五六年）、「怪盗伝」、「八潮路の為朝」（五八年）、「北山の秘宝」（五八年）といったように、五〇年代に限っても、次から次へと歴史に材をとった作品を発表していた。

その中で、首里城と関わる描写の見られる作品を上げるとすれば、「大動乱」ということになるだろう。作品は、一九〇八年から一九一一年まで、すなわち「薩摩入り」の前の年から、拉致された尚寧王の帰還までを扱っていて、薩摩軍の来襲など、史実を踏まえている点がないわけではないが、石川には、歴史に即したいわゆる歴史小説を書こうとした形跡はまったくない。作品は、剣豪小説というのがふさわしい。剣の達人とでもいえる人物が幾人も登場し、まさに血沸き肉躍る立ち合いが幾度となく演じられるが、例えば、「雄美と壮麗を誇っている御唐破風《ウカラワーフワ》の最高所で、どちらとも腕の優劣の無い剣雄が、今や、この一戦に、生死を賭けて、相対峙しているのだ。／その白刃は、折からの白日を受けて、キラキラッと眩い許りに、光を砕いて、散らしていた。／下のウナア（大広場）では、尚寧王始め、多勢の侍達が、ただ手に汗握り、息をつめて、この恐ろしい決戦の成り行きを見守っていた」といったような調子である。石川にとって、首里城は、剣豪たちの、華やかな舞台であり、尚寧王は、その見物人の一人にすぎなかった。

戦後、創作活動を再開していく戦前派の作家たちにとって、首里城は、それぞれの「ロマン」をかきたてるものとしてあったといってもいいほどである。それは、大戦で壊滅してしまった首里城への懐旧の情が生んだものであったようにもみえる。

## 6

戦後の新聞連載小説、とりわけ琉球の歴史に材をとった作品は、戦前派の作家の登場ではじまったといえるが、そのあと大城立裕、嘉陽安男、船越義彰といった、沖縄の戦後文学を牽引していく作家たちの登場で、いよいよ華やかになっていく。

三名のうち最初に新聞連載小説を担当したのは嘉陽安男である。嘉陽は五四年から「新説阿麻和利」を連載していた。作品は、泰久、金丸、護佐丸、阿麻和利その他同時期活躍した人物を描いていく中で、阿麻和利が勝連城主となり、やがて滅ぼされていく過程を描いていたが、そこで活躍する金丸を主人公にした作品「尚円」を六三年には連載していく。

「新説阿麻和利」と「尚円」とは、登場してくる人物や事件に多くの重なりが見られるが、その一つに志魯・布里の乱があった。前者では、志魯即位の式典に、布里の率いる武装した一団があらわれ、斬りあいになる。嘉陽はその場を、「晴の式場が忽ち修羅の巷と化した。剣が光り、怒号が乱れ、鮮血が城内の土を赤く染めて行った」と書き、そのあと、布里と志魯が戦い、布里が志魯に止めをさすが、その布里を、金丸が、打ち取って、終わりを迎える。後者では、金丸が布里の首を打ち取ったあと、城が火事になったこと、焼け跡から志魯・布里の死体が発見されたこと、「幸いに焼け落ちたのは、正殿だけであった。礎石だけになると、ひどく狭い建物だったような気がした」と書く。そして泰久が王位に就いたこと、正殿の再建が始まり「草葺きだった正殿を板の屋根に変えたが、これは首里城の面目を一新したような感じを見せた」と続けていた。

『球陽』は尚泰久王の項に、「布里・志魯王位を争ひて両つながら傷つきて倶に絶ゆ」と記した後、王位を争って両方ともに「兵を擁して拒ぎ戦ひ、両軍混殺す。満城火起り府庫焚焼す」と書いていた。嘉陽は、その史実を作品に取り込んでいたが、嘉陽が書こうとしたのは、もちろん首里城火災などではなく、金丸の活躍であった。

嘉陽の作品は、勝連城主になった阿麻和利、国王になった尚円といったように、いわゆる権力の座に就いた王者を取り上げていたところに特徴の一つがあった。そして、王者たちの恋の行方を丹念に描いていたのであるが、そのことは、同時期登場してきた船越義彰の歴史小説についてもいえることである。船越も、王者たちの恋愛を描くのに頁をついやしているが、嘉陽とは大きく異なる点があった。それは、主人公が国王ではなく、国王をとりまく人物を中心にしているといった点である。

船越の初登場は一九六一年、「成化風雲録」(『沖縄タイムス』、一一月一四日～六二年八月七日)の連載からである。その後「北谷王子」(一九六三年二月二日～一二月二一日)、「謝名親方　鄭迵」(一九六四年一二月一六日～六五年一二月一七日)、「世替り前夜」(一九六七年一二月四日～六八年一二月五日)、「国王無頼」(一九七一年一月五日～七二年三月一八日)といったように、数多くの歴史に材をとった作品を発表している。

「成化風雲録」は、金丸・尚円王に奪われた王位を奪い返すために、尚徳王の弟をはじめ尚徳王の遺臣たちが、それぞれに復讐を誓い、首里を目指していく物語である。「北谷王子」は、国王尚敬の弟北谷王子朝騎を中心に、蔡温、玉城朝薫、平敷屋朝敏等が、それぞれの理念に従って生きた激動の時代を描いた物語である。「謝名親方鄭迵」は、薩摩の襲来に対し、主戦論を主張した鄭迵が、敗戦後、反逆者として薩摩へ連行されていく物語、「世替り前夜」は、玉川王子を中心とする牧志朝忠等の開国派が、薩摩藩主斉彬の死後、旧守派による攻撃にさらされていく物語、「国王無頼」は、尚温の弟具志頭王子が、自分の意志とは逆に国王に任じられていく物語である。

簡単な作品紹介からわかる通り、船越の作品は、そのどれも、国王を中心とする物語ではなかったが、王府を中心にした物語であることに違いはなかった。

船越の作品に、首里城が雄姿をあらわす場面はほとんどない。その中で唯一といっていいのが「北谷王子」で、そこには「かごいせの御門（のち漏刻門）から内は首里城内部で、広福門に通じる。／広福門を入って右側には評定所がある。そしてその東正面がきのほこり御門（奉神門）である」と始め、「朝薫と別れて、朝騎は、きみほこり御門をくぐった。門は両翼の玉欄を配し首里城正殿と広庭とへだてて相対している」と王宮への順路をたどったあと、次のように続けていた。

百浦添（ももうらおそへ、むんだすい正殿のこと）は、琉球国の王城らしく荘重に空間をしめていた。屋根のまあたらしい瓦が、さんぜんと朝の陽を反射させていた。／ちょうど十年前の康熙十八年十一月、百浦添、南御殿、北御殿ともに焼失した。しかし、損害は比較的に浅く、いち早く修復されたのであった。

船越の作品に見られる唯一の首里城正殿を描いた箇所である。船越の作品に首里城の描写が多くないのは、国王たちを主人公にしてないということと関係していよう。

船越は、国王を支える周囲の人物に視点をあて、琉球王国の課題に取り組む姿とともに、新しい時代を切り開こうとして苦悩する姿を描いていた。前者については「北谷王子」に見られるように、「薩摩とのつながりを絶って、名実ともにそなわった王国——つまり慶長役以前の姿にたちかえることは、不可能であろうか」といった朝騎の煩悶、後者については、「世替り前夜」の主要人物の一人玉川王子の「われらは、今薩摩と同列にあって新しい時代に臨んでいる――わたしはそう信じている。だからわれらの努力次第では、新しい時代こそ、自由で活たつな舞台になる――わたしはそう信じている」といいながら、「頑迷で優柔不断な琉球の精神的な風土が、ほんとうに、新時代の嵐を感じ、それに立向かう闘魂があるか、疑問をおぼえないでもなかった」といったように、煩悶する玉川王子の姿を描いていた。

船越が、歴史に材をとった小説で書こうとしたのは、言ってみれば、琉球の苦悩とでもいっていいものであったが、首里城との関りということで言えば、あと一つ、大切なことがあった。

船越は「国王無頼」で、つぎのように書いていた

「私は琉球の国王。死ぬならば、首里の城で国王らしく死にたいと――」

尚温は、識名の屋敷で病を養っていたが、衰弱していく中で、首里のお城に戻ってくる。そのことを具志頭王子がただすと、つきそってきた高官たちは、それは国王の強い要望によるものであった、と応え、その言葉を伝えたのである。そこには、首里城がどのような存在であったかをよく伝えるものがあった。

歴史小説は、作者が、そうであってほしいという願望が託された物語であるといえるが、だからといって虚構だと一蹴していいわけのものでもない。石川文一の作品についてはともかく、嘉陽安

男にしてもある程度歴史的な事実を踏まえていたし、船越義彰は、より以上に歴史的な出来事を踏まえて作品を書いていた。それは、作品の随所に「注」を入れ、作品が歴史的事実と異なることを断っていることからもわかる。

歴史的な事実を忠実に踏まえて書かれた作品といえば、大城立裕の「小説　琉球処分」をあげなければいけないであろう。「琉球処分」の連載が『琉球新報』で始まったのは、一九五九年九月五日からで、終わったのが六〇年一〇月二五日、四〇二回の長期に及んだ連載であった。しかし、それは、「新聞社のつごう」で終わりにしていた。「第一部おわり」としたのはそのあと、さらに書かなければならない出来事が残っていたからであり、一九六七年になって、「新聞小説の体裁をはずして手を加え」た同名の作品が上梓される。

大城の「小説　琉球処分」が、喜舎場朝賢の『琉球見聞録』や松田道之の『琉球処分』を参考にしていることは、良く知られていることである。大城自身、「登場した青年のうち、佐久田筑登之をのぞけば、みな実名」であるとあかすとともに、しかし「その素性については、みなフィクションである」(「筆のすさび」)と断っていた。

大城の作品は、「明治五年五月」から始まり、明治一二年三月三一日、「旧三司官が首里城の一切を内務省官吏に引き渡し」、四月二七日、中城王子尚典が上京、そして五月二七日次男宜野湾王子尚寅を伴って国王尚泰が上京、六月三〇日、松田道之の帰郷、八月一五日、「全県下の事務引継ぎが完了」したあと沖縄を脱出した「清国嘆願使節」の中国での辛苦や沖縄県庁に務めだした若者たちの葛藤を描いて閉じていた。

簡単にいえば、琉球処分の一部始終を描いていた、と言えるものであるが、そこで描きだされたのは、城中での様子であり、王城そのものについては、わずかに、次のような描写が見られるだけである。


この日首里那覇の士族が首里城正殿にあつめられた。この正殿は古来百浦添《もんだそい》と称して、よほどの国家的行事に王名で全国から大名小名があつめられるのであった。若い侍のなかには、この日はじめて百浦添にあがってみるものが多かったが、人数は屋内からあふれて庭にまで満ちた。


「この日」は、伊地知貞香が「国旗を披露する」ということで「大名小名」が王城に集められた日のことである。彼らは国旗を見て、「こんなこどもだましのものか」と思うのだが、首里王城は、そのような国旗を披露する場としてすがたをあらわしていた。

「小説　琉球処分」で、大城が力をこめて描こうとしたのは、世替わりのなかで、何が正しい判断か、誰が正しいかを問うことなどできないし、ひたすらに自分の信じる道を行くしかない、それが歴史の真実だということであった。

その思いは、大城だけでなく、多分船越にも嘉陽にも共通してあったのではなかろうか。

○

五〇年末から七〇年代にかけて数多くの歴史小説が書かれていた。新聞連載小説に関して言えば、この時期は「文芸復興期」であったように見えないわけでもない。いずれにせよ歴史小説の一大ブームであったことは間違いない。戦後それも首里城が瓦礫と化し、跡形もなくなっていた時代、どうして首里城と関りのある歴史を下敷きにした作品が輩出したのであろうか。

まず考えられることは、沖縄の戦後の状況である。いろいろな出来事を上げていけば、すぐにわかることであるが、そこから大きく浮かび上がってくるのは、他でもなく占領軍による統治の不条理であり、「ネズミはネコの許す範囲でしか遊べない」といわれたような閉塞した状況であった。

一九四八年から二年間、野嵩高校の国語教師として勤めた時代を回想して書かれた大城立裕の自伝小説『焼け跡の高校教師』（集英社文庫、二〇二〇年五月）のなかで、大城は「異民族の支配下でどう生き抜くか、くぐり抜けるか、と思いあぐねて齷齪していた時代」と書いていた。その思いは、五〇年代、六〇年代と時代が進んでいくにつれ、いよいよ切迫したものになっていったに違いないのである。

大城をはじめ戦後登場してきた作家たちによって書かれた歴史小説の題材は幅広いといっていいが、そのなかで際立っているのが、尚寧と尚泰の時代を扱った作品である。それは、どちらの時代も外からの圧力が強くなっただけでなく、国論が割れて、収集のつかない状態のなかで国王が首里城を退去させられた屈辱の時代ともいえた。

薩摩と清国との間で、どう国を維持していくか、日本政府と中国政府とのあいだでどう舵をとっていくか、彼らの歴史小説に共通しているのは、二つの大国の間で、どう王国を維持していくかと苦悩した人物たちを描いていたところにあった。

戦後登場した作家たちは、そのような沖縄の歴史を、米国と日本との間に挟まれて、身動きできないような戦後の沖縄と重ねるようにして描いていたのである。

大城は講談社版の「後記」で「書いているうち、歴史を描くつもりが、現代と二重写しになる気もちをおさえることができなかった」と述べていた。首里城と関わる物語、とりわけ尚寧や尚泰の時代を扱うということになると、どうしても、現在と重なって見えてしまうのがあったのである。

五〇年から七〇年代は、首里城の消失が、逆に、首里城と関りのある作品を輩出させていた。不思議だといえば不思議だが、それは、占領下にあったことで、かつての日中両属の歴史を想起させたということがまずあったであろう。そしてあと一点、沖縄の誇りを取り戻したいという思いが抑えがたいものになっていたことを示していよう。

# 沖縄の小説作品に登場してくるジュリ（尾類・遊女）たち

## ――「沖縄の文化表象にみるジュリ（遊女）の諸相」

二〇〇八年『うらそえ文芸』第一三号は、特別企画として「辻文化とは何か」と銘打った座談会記事を掲載していた。座談会は、星雅彦の「過去数百年の歴史の中で、芸能、料理、文芸などの文化が辻遊郭の中から生まれてきたと言い切っても差し支えないような気がします」といった言葉を皮切りに、出席者各人が、それぞれに聞いた話、ジュリだった人と交わした話、本で読んだ知識等を披瀝しながら、星の言葉を跡付けて行く恰好で、辻および遊女たちについて、語っていた。

その後、二〇一四年には浅香怜子が『琉球の花街　辻と侏の物語』を刊行していた。「研究の出発点は、本土の民族芸能春駒と沖縄のじゅり馬との関係性を考え、その縁をさぐるものだった」と述べているように、旧暦二十日正月に行われる辻のジュリ馬を中心にジュリの暮らしとその文化について考察したものである。

二一世紀に入って、辻やその中で生きたジュリに関する座談会や論考が現れてきたのは、失われた風俗や甦って来た芸能への関心が深まって来たことと関係しているかと思われるが、その一方で、七〇年代中ごろからジュリ売りされた元ジュリたちの回顧談も刊行されるようになっていたことが影響していよう。

その中で、比較的良く知られているのが、一九五九年一〇月五日から三六回にわたって『琉球新報』に連載され、四〇年たった一九九六年一二月に刊行された東恩納寛惇校閲になる山入端ツルの『三味線放浪記』（ニライ社）であり、その二〇年前の一九七六年一二月に刊行された上原栄子の『辻の華 くるわの女たち』（『辻の華』上下、一九八九年四月二五日、時事通信社）であり、そしてその三〇年後の二〇〇六年一月に刊行された姜信子の『ナミイ！ 八重山のおばあの歌物語』（岩波書店）である。

○

ほぼ十年間隔で刊行されていた三冊の語り手である三人のジュリの足跡からまず見ていきたい。

『三味線放浪記』の語り手山入端ツルが、辻に売られたのは一三歳の時、山入端ツルの姉二人も、すでに辻にいた。姉妹三人共辻に売られたということになるが、当時、「娼妓」として売られていった貧農の子たちが、決して少ない数ではなかったということをはからずもそれは示していよう。

ツルが売られていく五、六年前の「一九一三年三月末日現在、国頭郡出身の娼妓数は二百四十五名に達し、その中の百一名を名護間切り出身者が占めていた」といわれる。ちなみに、その一三年前の「一九〇〇年末現在における沖縄県の娼妓総数は七百四十名で」、そのうちの「五百八名」が辻の娼妓であったといわれている。（『琉球新報』一九〇三年三月二三日「国頭郡男女の労働者」、上野英信『眉屋私記』参照）。その数は、見方によっては多いとも、少ないとももいうことができるだろうが、いずれにせよ、娼妓数「七百四十名」の数とともに、一家の姉妹全部が辻に売られたというのは、驚くべきことである。

彼女たちは、なぜ遊郭に売られていったのか。

山入端ツルはそのことに関し「私は十三才のとき、姉たちが行っている辻に売られていった。売るものを売りつくし、たった一つ残ったものは娘たちだったというわけである」と書いていた。さらに、こうも書いていた。「六年間二千貫文の前借で、兄はこのカネで支度を調えて大東島に出稼ぎに行った。女のきょうだい三人が身売りして、男のきょうだい三人を出稼ぎに送り出したわけである」と。

儲けにいくために、借金せざるをえなかった、ということはよくわかる。窮乏の極で家を出て他郷に行くのだから、そのための準備金が必要になる。その金を工面するために、娘を売ったということであり、それは決して特別なことではなかったということである。

ナミイの場合は、どうだったのだろうか。

石垣から乗って来た「船を降りたナミイの行く先は、波之上神社の下に広がる辻の町。売られていった料亭の名は、竹の家。石垣島から一緒に連れてこられた同い年の女の子とふたり、並べて座らされて、『この子がいいよ、この子を買おう』、竹の家のおかあさんとねえさんたちが言ったのです。もうひとりの女の子はナミイよりも、ほんの少しだけ可愛かった。だから、ナミイよりほんの少し高い三百円。ふたりは、品物のように、料亭に買われていきました。」と、姜信子は書いていた。

そして姜は「身を裂く思いで娘を売ったナミイのお父さんもまた、一家を襲った貧しさを乗り越えて生き抜くために、南洋サイパンへと出稼ぎの旅に出たのでした」と書き加えていた。

ナビイが辻に売られたのも、父親が南洋へ出稼ぎに行くための準備金を調えるためであったということがわかる。そして、それもこれも「一家を襲った貧しさを乗り越えて生き抜くため」であった。

上原栄子も例外ではない。

上原は、このように語っていた。「わたくしは旧姓を上原かめと申しました。母の病気の治療費に困り果てた父に、遊郭の中の一楼の主である抱親様（アンマー）の許に、仔豚か仔山羊のようにモッコに担がれ、〝尾類（ジュリ）ぬクーガ（遊女の卵）〟として父に連れて行かれました」と。そして、娘を「二十円」で売ると言う父親に、「抱親様は、五十銭だけ値切」り、「わずか四歳になったばかりのワタブターグワー（大きな腹をした子ども）に大枚十九円五十銭の値がつけられ」取引が成立した、と。

山入端ツルは、兄が大東島に出稼ぎに行くために、ナミイも同じく父親がサイパンに出稼ぎに行くために、そして上原は「母の病気の治療費」を捻出するために遊郭に売られていったのである。

彼女たちが売られたのは、他でもなく「一家を襲った貧しさを乗り越えて生き抜くため」であったことがわかるが、売られた彼女たちは、その後どうなったのだろうか。

そのことについても、簡単に触れておくと、山入端ツルは、「朝晩二貫を持って芋皮の買い出しにまわって豚の飼料を集めた」という。当時の遊郭は、豚も飼っていたのである。これは、上原が語っているのだが「身体を売って生活をたてているはずの辻の姐（おんな）たちが、それぞれに豚や鶏、アヒルなどの家畜を飼っておりました。馴染みの殿方が、いつ何時お見えになってもいいように、料理の材料として、色々なものを身に応じて持っていたのです」というように、辻の遊女たちは、馴染みの客を歓待するため豚をはじめ、鶏、アヒル等を飼っていたのである。

辻と家畜の飼育というのは、あまりにも異風な組み合わせに見えるが、それはいずこの廓でも見られた光景であったようで、ツルは、豚の餌になる芋の皮を集めて廻る仕事をしながら、「好きな芸能の修行」を、と思っていたのだが、辻には「稽古事をさせるのはナシングヮ（産みの子）だけのことで、抱え子にはそんなことはできない」という習わしがあって、がっかりする。そこでツルは、姉から金を貰い、抱え親の目を盗んで、近くの三線の先生の所へ通っていく。小さい頃から芸事が好きだったこともあり、めきめきと腕を上げていく。ある日、琴の相手になる三線の弾き手がいないということを聞いて、頼み込んで琴を相手に三線を弾いているのを、パーパー（女将）に見られてしまう。パーパーは、三線を弾いているのがツルであることを知って驚くと同時に、その才能を見込んで稽古を許すことになる。

ツルは、約束の六年を辻で過ごし、一九の歳に、辻を出て、宮古に行き、やはり料亭に身を寄せ、踊り子の地方を勤めている。宮古を振り出しに、大阪、奄美大島、東京とツルの波乱万丈の生活が始まっていくが、昭和一三年には、八丁堀で一杯飲み屋「つる屋」を開業、敗戦後は「芝浦の『おきな』に住み込んで、芸能一筋にあけくれ」、昭和三二年には新橋で料亭「台風」を経営するようになる。そして昭和四九年、秋、沖縄に戻って来るが、それはまさしく三線を抱いての生涯であったといえる。

三線ということでは、ナミイもまたそうだった。姜は、そのことについて「厳しい修業の日々は続きます。生まれついて歌が好き、踊りが好きなナミイだから、やる気になれば、のみこみも早い。子どもながらに夜のお座敷にも出て、歌って、踊って、お花代もいただく。辻の近くの村々の宴の席を賑やかしに、竹の家のねえさんともども呼ばれることも数知れず」あったと書いている。そして「五年目には、竹の家から、糸満漁師の町、具志頭村港川のやまたい旅館に二度売りされて、浜を賑わすハーリーの日には総動員の料亭の女たちに入り混じり、華やかに三線を弾いて、歌って、踊ったこともありました」と書いていた。

そこへ、ナビイを不憫に思って、石垣で一緒に住んでいたおじさんが迎えに来て、石垣へもどることになるが、ナミイが、石垣にいたのは束の間で、そこから父が働いているサイパンに行く。父との穏やかな暮らしが始まって行くが、ある日、サイパンにやってきた「沖縄芝居の一座の芝居見物に」父と一緒にでかけ、ナミイは、役者に一目ぼれしてしまう。それからというものは、芝居小屋にいりびたり、一座の一員として暮らそうと決意するが、父親に連れ戻されてしまう。

二一才になったナミイは、台湾に渡り「植民地の大都会台北の郊外に開かれた温泉地、北投温泉の日本料亭で仲居として働き」、敗戦後「すべてをなくして身ひとつ、石垣島に引き揚げ」てくる。

上原栄子は、どうだったのだろうか。

上原は、抱え親に恵まれていたといっていいだろう。上原は、次のように語っていた。「小学校二年生の頃から、わたくし自身は嫌いであり、また、才能もなかったのですが、抱親様の命令で沖縄舞踊の稽古に行かされました。あの頃の琉球舞踊は、辻遊郭の尾類たちとか芝居の役者方、そしてごく一部の舞踊研究家の方々だけがなさいました。一般世間の風潮として、遊芸は良家の子女がやるものではない。というわけで、さげすんだような特別な目で見られる時代でした。このように辻の中やお芝居以外に見られなかった琉球舞踊を、お芝居の役者先生にお願いして、夜の六時頃から始まる芝居までの時間を毎日、隣まで来ていただいて、踊りを習いました」というように、小学校への通学を許されただけでなく、芸事のお稽古も奨励されたのである。

上原は、「辻のなかで育ち、尾類としての生活しか知らなかった」というように、「辻では中年の、二十五才」になり、「色々なことを見たり、聞いたり、体験したり、辻の姐（おんな）の悲しい強さ弱さに泣きながらも、抱親様の指導により、やがてくる我が身の没落を諭されて、その頃は抱妓を持ち、その数も六、七人、抱えた妓たちからは、自分もまた抱親と呼ばれる」ようになっていく。日本軍が沖縄に駐留するようになって、辻の遊郭も大きく変わっていく。一九四四年の一〇月一〇日の大空襲で、辻は焼け落ち、行き所を失ってしまった尾類たちは、軍の慰安所で働くことを余儀なくされただけでなく、敗戦とともに放り出されてしまう。さまざまな苦楽を味わいながら、一九五二年には「旧那覇市内に『八月十五夜の茶屋』という料亭を、昔ながらの辻地区内に建て、由緒ある旧二十日正月の日に尾類馬行列を復活」させるといったことまで成し遂げるように、辻で育ち、辻を忘れることのなかった人生を、上原は送ったといっていいだろう。辻で育って、戦後辻に戻ってきたのも何名かいるようだが、上原のように「辻」にこだわって、辻に料亭を再建し、辻の行事まで復活させた人は、珍しいといっていいのではなかろうか。

○

辻を出て東京に出て行ったツル、同じく辻を出てサイパン、台湾と渡り歩いたナミイ、そして辻に居続けた上原と、それぞれに異なる道を歩いた三人の元ジュリが残した語りを紹介してきたのだが、沖縄の小説に、ジュリの登場してくる場面が多く見られるのは、彼女たち三人もそうだが、それぞれのジュリが、それぞれに忘れがたい印象を残していたことによるかと思われる。

明治・大正・昭和戦前期の沖縄の小説に登場してくるジュリについては、「沖縄近代文学の一系譜」(『現代詩手帖』一九九一年一〇月)を参照していただくとして、ここでは戦後書き継がれてきた、ジュリの登場してくる作品について見ていきたい。

戦後、いち早く遊女の登場してくる作品を書いたのは、葦間れつである。

一九五七年一月から一一月まで三一三回にわたって『沖縄タイムス』に連載された葦間の「二重潮」は、敗戦前から敗戦後にかけて台湾にいた沖縄人たちの動向を書いたものである。そこに、次のような場面が出て来る。

要件は単簡にすんだ。そのあと盃が活発に動き始めた。女達は蛇皮線をかきならし、唄をうたい始めた。

台湾ではなかった。辻の遊郭に遊んでいる思いだった。切なく望郷の念がわいてくる雰囲気なのである。

「山城！今夜は俺はてってていするぞ！」

と、どなって、ハナ酒の盃をいく度も口にもっていった。酔ってしまうとハナ酒もただの酒とかわりはなかった。

謝花は何十年振りかで、モーヤー小をやった。そして腹から愉快そうに笑った。

そのあと、謝花の意識はぼけている。

翌日目を覚ましたら、琉球まげの女がそばに寝ている。

ふと、郷里にいるような錯覚に謝花はおちた。謝花は、軽い寝息を立てながら寝ている女の顔をそっと覗いた。

故郷が現実のように、目の前にあるのである。謝花は何故かかるいためいきをついた。

それに、女がぱっちり目をあけ「チャーシミセービタガ」

といってにっこり笑った。

作品の主人公が、「辻の遊郭に遊んでいる思いだった」という場所は、台湾の「ショウセントウ」。作品は、「ショウセントウ」について、また次のように書いていた。

ショウセントウ　―この名は、台湾に住んだ限りの人にとっては、色々な意味で、忘れることのできない名である。

基隆の港の奥まったところに、浮州のようにぽかんと浮いた小さな島、基隆の街から長い橋を渡ってそこへおり立つと、軒並み沖縄人の漁師が住んでいる。泡盛と琉球まげと琉球ガスリ、蛇皮線と沖縄の民謡、胸をはだけてはだしの漁師のおかみ達、完全な琉球人部落であって、ある面の沖縄人からは、沖縄県民の面よごしだと批判され、ある面の沖縄人からはここに郷土があると重宝がられた、いわゆる「琉ちゃん部落」として、その名をはせたところである。

台湾にわたった「ナミイ」が、仲居として働いたのは台北のはずれにある「北投」という温泉宿であったということを先に紹介したが、沖縄の女たちは「北投」だけにいたのではない。北投の温泉地をはじめ、基隆のはずれにある「ショウセントウ」には、「辻の遊郭に遊んでいる思い」をさせるような、琉球まげをゆい、琉球ガスリを身にまとい、泡盛を出し、三線をかき鳴らし、沖縄民謡を歌う女たちがいたのである。

そして、そのような女たちが「ショウセントウ」には戦前も早い時期からいたことが、佐藤春夫の「社寮島旅情記」（昭和一二年八月『文学』）に見えている。佐藤は、次のように書いていた。

「内地から来た奴をいきなり真昼の基隆へ引っぱり出すのも可愛想なやうだね。どうせ基隆には見物するところもない。どうだ、あの島へ渡って涼んで来ないか。あの山の裾に琉球人の部落がある。泡盛でも飲んで蛇皮線を聞くぐらゐの外はつまらぬところかも知れないが」

彼はもう手を上げてサンパンを呼んでゐた。

出て来た女どもは内地でいふ酌婦といふやうな者であらう。多分船員や琉球辺りから来る漁師どものお相手をする者と思へる。二人とも同じ型の丸顔で色の飽くまで黒い奴が例の思ひ切って幅の狭い帯をしめてゐる。この帯のせいかどうか臀部が特別に発達してゐるやうな体格である。

佐藤が「社寮島」と記している島は、葦間の作品に出て来る「ショウセントウ」と呼ばれた島であろう。佐藤がそこに遊んだのは、「大正九年の夏」（蜂谷宣朗著「南方憧憬―佐藤春夫と中村地平―」『日本文化研究叢書第1輯』鴻儒堂出版社、一九九一年五月）だったということである。すでに大正のころには、沖縄の遊女たちが、台湾の遊郭にはいたのである。

『沖縄の遊郭　新聞資料集成』を見ると、大正三年一二月七日付け『沖縄毎日新聞』に「台湾で尾類屋開業」の見出しで、「入営兵士、満期兵士の往復もなくなって、目前に歳暮をひかえる折柄、辻遊郭の不況気はまた一段と増し、製糖時期の来るのを待つ大小尾類の青息吐息は、気の毒なほどだが、後道「小湾」玉寄カメの壮図は一つの快事である」と前置きし、「彼女は先月、台湾を視察し、たしかに有望だと見込みをつけ、帰宅後は資金の調達に東奔西走中であったが、また馴染客の忠告も聞かず、ようやく三、四百金を集めまた楼主からも千金に近い出金を乞い、基隆に沖縄尾類屋を開店のため、去る三日出帆の八重山丸で楼主の主前（シューメー）と共に渡台した」といった記事が見られる。そのように辻の女のなかには、「沖縄尾類屋を開店」するため、台湾・基隆に渡ったのもすでにいたのである。

大正期には玉寄カメのような辻出身の女性が「沖縄尾類屋」を基隆、多分「ショウセントウ」あたりで開業したことが新聞から分かるが、戦後いち早く発表された葦間の台湾を舞台にした作品に、「琉球まげ」をゆい、客のそばで夜を明かす女性たちが登場してくるのである。そのような女性たちが、佐藤の描いていた「内地でいふ酌婦といふやうな者」であったに違いないが、葦間は、作品の主人公が「とっさに両手で女の顔をはさみそれへ自分の顔をくっつけた。わけのわからないものが胸につきあげたのである」と書いていた。

佐藤が、琉球の「酌婦」たちに対した対し方と、葦間の「琉球まげ」をゆった女たちに対したそれとはずいぶんと異なっている。佐藤は「色の飽くまで黒い」とか「臀部が特別に発達してゐる」といったようにしか女性たちを見ていなかった。佐藤は、女性の外観だけを見ていたといっていいだろう。

しかし、「酌婦といふやうな者」にたいするそのような眼差しは、佐藤特有のものであったわけではない。そのような眼差しの例を、あと一つだけ紹介しておきたい。それは昭和一一年四月一日発行『南洋群島』に掲載された「漫画漫文　南洋膝栗毛」の中に見られるもので、サイパンへ向かう航路の船中の様子を描写したものである。

同じ三等の中でも沖縄の人達は別に一角を占領して他と没交渉である。六ちゃんと二人で行って見ると、大変な騒ぎだ。泡盛をあふつて虎になつてゐるのもあれば、蛇皮線に合して口一ぱいに唄つてゐるのもあり、扇を持つて踊つてゐる女もある。驚いたのは、その踊つてゐる女の向ふ脛の毛だ。若し下半身だけを見たら女と思ふ者は恐らくあるまい。何だか気味が悪くなつて早々に引きあげた。

ナミイの場合とは少し事情が違うのだが、辻の女たちのなかには、「辻のあまりの厳しさに」「自ら抱親様に借金をたたきつけて、南洋サイパン、テニヤンなどへ出稼ぎにゆく者も多く」（『辻の華』）いたといわれている。ここに写し取られている「踊つてゐる女」もその一人であったといっていいだろう。

「踊つてゐる女」を、遊女の一人だとすることについては、当時、人前で踊るということは「一般世間の風潮として、遊芸は良家の子女がやるものではない、というわけで、さげすんだような、特別な目で見られる時代」（『辻の華』）であった。「良家の子女」だけでなく、一般の家庭の子女でも、踊るということは、めったにないことだったのである。

そのことの例証が、ここにある。

現在の沖縄の芸能は女性が支えていると言って良いが、かつては男性のものであった。（中略）古琉球では主に楽童子や踊童子といった、若衆がその主たる担い手であった。これを支え共演するのが大人の男性である。他にはわずかに那覇の遊郭の女性が、踊りを供し三線を演奏していた程度である。沖縄では農村の村踊り（村芝居）にいたるまで、出演者はすべて男性というのが、戦前までの状況だった。今日のように女性が圧倒的に琉舞の世界に進出したのは、本土の伝統芸の場合と同じく、戦後の現象である。（池宮正治「琉球舞踊概観」『琉球芸能総論』所収）

沖縄の芸能は、戦前まで男性によって担われていて、「わずかに那覇の遊郭の女性が」踊りや三線を弾いていたにすぎないと、池宮は説いていた。

池宮の文から「漫画漫文　南洋膝栗毛　文金谷光行　画北原六朗」に見られる「踊つてゐる女」が、「那覇の遊郭」にいた「女性」であったことがわかるのだが、問題は、その「女」にたいする視線にあった。

彼らは「女」の踊りを見ているのではなく「向ふ脛の毛」を見ているだけなのである。確かに向う脛の毛のない人からすれば「女の向う脛の毛」は目をひいたに違いないが、続けて「若し下半身だけを見たら女と思ふ者は恐らくあるまい。何だか気味が悪くなつて早々に引きあげた。」というのである。

佐藤もそうだったが、佐藤以上に金谷の視線には、差別的なものが含まれていたといっていいだろう。

葦間の作品に見られた主人公の「琉球まげ」にたいする対し方と、佐藤や金谷の琉球の「酌婦というふやうな者」や「扇を持つて踊つてゐる女」にたいする対し方には、そのように大きな違いが見られた。

それは、沖縄の作家と日本の作家との違いというよりは、旅人の感想と、琉球を故郷とする移住者の思いといった違いによる、といえるかも知れない。しかし、たとえそうだとしても、葦間の「遊女」たちを見る目には、女たちに寄せる何か特別な情があったように見える。

○

葦間の作品に見られる「琉球まげ」の女の登場は、わずか一場面だけである。しかもそれは、台湾を舞台にしたものであった。

沖縄を舞台にした作品で、ジュリ（尾類）を真正面から取り上げたのに「妻と尾類と」がある。一九八七年八月の日付の見られるものである。

作者は、戦前から小説を発表していた作家の新垣美登子である。新垣が「尾類」に大層関心を寄せた作家であったことは、戦前、「花園地獄」という作品を発表していたことからもわかる。そのことに関して新垣は、次のような文章を残していた。

那覇で美粧院を開業してしばらくして、私は『琉球新報』に小説を連載した。「花園地獄」という題で、辻の遊郭をモチーフにしたものだ。私が三十五、六歳のころであるから、昭和の十年前後である。

男たちは花園で遊び、遊女たちは地獄に泣いていた当時の世相をえぐったもので、連載当時から、たいへんな話題となった。世の男たちは「女のくせに辻がわかるのか」と反発していた。しかし、私は辻のことを小さい時から見聞きしてよく知っていた。

私の父は産婦人科の医者であったために、辻遊郭からの患者が多かった。（中略）白粉つけて紅つけて、きれいな着物を着て中前（玄関口）で客を待っている彼女等の姿を見るのは、何となく哀れであった。

それに多くの尾類小たちは、多額の借金をかかえ、男たちの庇護のもとで哀れであった。尾類ばかりではなかった。男の帰りを待つ家庭の主婦たちも、また地獄に泣いていた。

私の「花園地獄」はそんな当時の社会世相というものを、女の目から見て描いたものであるが、その頃の新聞が戦争で焼けてしまい、いまではひとつも残っていないのは、かえすがえすも無念である。

新垣が回想しているように、「昭和の十年前後」に書かれたという「花園地獄」を読むことはできない。しかし、彼女が「辻遊郭」の女たちをどう見ていたかは、充分にわかるものとなっている。それは「哀れであった」と、繰り返し用いられている言葉によく現れているであろう。

そのように「哀れであった」と見られた「辻遊郭」の女性たちを、「辻遊郭」が消えて四〇数年もたったのち、再びとりあげて書いていたのである。

「花園地獄」は、「辻遊郭」が健在であったばかりか、毎夜にぎわっているころで、まちがいなく「当時の世相をえぐったもの」として、「たいへんな話題となった」にちがいない。しかし「妻と尾類と」とに付された日付の「一九八七年」といえば、「辻遊郭」が消えてから四二年、日本に「復帰」してからでも一五年たっている。その年月を勘案すると、「辻」の遊女の物語など、すでに昔がたりに過ぎないものとなっていたといっていいだろう。

新垣が、八七年になって、「辻」の尾類を扱った作品を書いたのは、かつて「話題になった」題材への再挑戦ということもあったに違いないが、あと一つには、今では失われてしまった辻の風俗を再確認したいという思いがあってのことではなかっただろうか。

新垣が「妻と尾類と」とで書こうとしたのは、多分一言につきる。それは「たとえ辻に居ても、身を慎んで暮らさなければならない」と決意した遊女の物語だと。

そのあらすじは次のとおりである。

結婚して九年にもなるのに子供のできない妻・よし子をよそにして、通い詰めていた辻の女・文子と夫・政雄との間に子供が生まれる。政雄は持病があっただけでなく、あれこれと心労もあって急死してしまう。政雄は、亡くなる前に、文子との間で生まれた子を、家の世継ぎとして、役所に届け出ていた。政雄の告別式の終わった日の夜、子供を抱いてきた文子に、よし子は、一緒に泊っていくようにすすめる。

「これからは、坊やも奥様に育てゝいたゞくんですから、私は何でも奥様のおっしゃる通りにします。どうぞ教えて下さいませ」

やはりよし子も善良な魂の持ち主らしいので、文子も安心した。二人はやがて赤ん坊を中にして、寝ることにした。

作品は、そのように終わっていた。

辻の女に産ませた子を、世継ぎに引き取る、といったことは、ないことではなかった。「琉球の風習では、女の腹は借りるだけのもの、どこの誰に生ませようが、直系の子は長男と」なったと言われているように、そして「『易者が我が家の長男であると断定した』、などと子どもを引き取りに来る殿方の家族も」(『辻の華』)いたといわれているように、男の家庭に、辻の女の産んだ子が引き取られていくといったことはごく普通にあったということだが、八七年にもなってそのような物語を書くというのは、時代錯誤もはなはだしいといわれて仕方のないものがあった。

新垣は、どうして、時代錯誤だといっていいような「辻」の遊女を扱った物語を書いたのだろうか。それは、ひとつには負の遺産だったとはいえ、遊郭を律していた習俗が、懐かしいものとして浮かび上がってきたということがあったのではないだろうか。少女時代に思いを馳せるたびに、父親の病院にやってきていた彼女たちのことが思い浮かんできただろうし、彼女たちを「哀れ」だと思った当時のことが思い出されたということはありえないことではない。

彼女たちを律したのは、一種の悪法であったにちがいないが、そのことで育まれた遊女たちの立居振舞が、強く心に残っていたということがあったのではないだろうか。

「妻と尾類と」との最後の場面に見られた「私は何でも奥様のおっしゃる通りにします。どうぞ教えて下さいませ」という、そのような受身的であるというよりも献身的なありように、心引かれていったのではないだろうか。その献身的なありかたは、「辻」の尾類たちが大切に守って来たものであった。

『辻の華』の上原栄子は、水揚げの後、幾つかの「訓示」を抱親から受けている。その一つに「美しい尾類は一時の栄え。義理、人情、報恩を知る女の心掛け、第一なり」とあったという。

新垣はその「義理、人情、報恩を知る女」たちのことが忘れられず、再度「辻」の物語を、今度は「地獄」に泣くものとしてではなく、身を慎み「献身」を体する存在として浮上させようとしたのではないだろうか。辻をとりあげるのが時代錯誤であることは、新垣も気づいていたのではないかと思うが、それだけ、新垣は、時代が「献身的」でなくなり、身を慎む暮らしが、おろそかにされるような時代になってしまったと、感じていたのではないかと思える。

○

辻は、特殊な場所であった。

伊波普猷は、「琉球の売笑婦」のなかで、辻が「待合と料理屋と旅人宿とを兼ねた女郎屋である」こと、富豪、会社重役、県会議員等「苟くも社交界に首出しをした紳士で、辻に馴染を有しないのが、却って珍しい位である」こと、「詰尾類」の中には、六、七名もの子持ちがいて、「世界どこを探しても見られない珍現象といわなければならぬ」こと、地方から那覇に出て来た県村議員が「辻から議場に出て行く」のをまねて「辻から学校に通勤した」中等学校教員がいて問題になったこと、「中央の人たちは信じないかも知れないが、其処には裕福な尾類が、一生涯客を養うばかりでなく、後顧の憂いなく、社会的活動をさせる者さえ時偶ある」こと、「官公吏の忘年会も教育家の新年宴会も、しばしばこゝで開かれる」こと、「近来沖縄県の経済は行詰って、県民自身は之を蘇鉄地獄といっているが、この地獄の一隅にはこういう仙郷があって、その有識者は救済問題を他所に見て、其処で暫く地獄の苦を忘れるという有様である」こと、そして「尾類が、内地の娼妓などのように、人間性を失っていない」といったこと等々をあげていた。

また宮城栄昌は「県政時代の沖縄女性　7公娼制度の完成」（『沖縄女性史』所収）のなかで、次のように書いていた。

沖縄の遊郭は、宿屋・料理屋・社交場の三業地のようなものであった。ここでは前時代と同じくふりの客はとらなかった。新しい客はかならず馴染みの紹介が必要であり、何回かの登楼後に気心がわかると、一軒の家にひとしい尾類の個室で夫のようにかしづかれた。（中略）

もちろん、アンマーによる接客上の強要、日常生活上の干渉があり、尾類同志の憎悪、嫉妬、中傷などがあった。しかし、日本の遊郭ほど陰惨な「生き地獄」、「苦界」ではなかった。歴史的に尾類を蔑視する風潮の弱い沖縄社会が、彼女たちにある自由をあたえた。（中略）

馴染みになると遊行費はある時払いか、月決め払いが一般的で、盆・正月の二回払いというものもあれば、尾類から小遣いを借りるものもいた。そういう人間関係のつながりをもった尾類であったから、尾類は沖縄の人々からはもとよりのこと、他府県からきた官吏や商人からも可愛がられた。（中略）

尾類と馴染む風はその後もやまず、県外から赴任してきた下級県属僚には、そこから出勤するものもあったといわれている。県人官公吏や教育家も公々然と出入りした。田舎から那覇に出る男たちにとって、遊廓に登ることは、大きな楽しみの一つであった。

辻については「過去数百年の歴史の中で、芸能、料理、文芸などの文化が辻遊郭の中から生まれてきたと言い切っても差し支えないような気がします」（山里将人、高安六郎、上原直彦、星雅彦「座

談会　辻文化とは何か―チージぬユンタクー」『うらそえ文芸』第一三号、二〇〇八・五）といった発言がみられたことを最初に紹介したが、辻遊郭は「世界でも類を見ない特色をもっていた」（太田良博「近代沖縄遊廓の変遷と風俗　明治・大正の新聞資料」）場所であったといわれる。

○

遊廓に生きた遊女たちに新垣美登子は、戦前からなみなみならぬ関心を寄せていたといっていいだろうが、そのような作家は、新垣一人ではなかった。船越義彰もその一人である。

船越には、辻の尾類を扱った作品に「無監狩り」（『沖縄の遊郭―新聞資料集成』一九八四年一二月一〇日、所収）や『小説・戦争・辻・若者たち』（沖縄タイムス社、二〇〇三年七月一五日）がある。代表的な作品ということになると『小説　遊女《ジュリ》たちの戦争　志堅原トミの話から』（ニライ社、二〇〇一年二月一〇日）だといっていいだろう。

作品は、副題に「志堅原トミの話から」とあるように、辻の遊女であった志堅原トミの話を、「私」が聞き書きしたかたちになるものである。

船越は、「あとがき」で、「この小説の主人公である志堅原トミにはモデルがいる。しかし、小説のすべてがトミの話ではない。トミの他にも取材のため接触した方も数人おり、断片的だが資料を得て、使わせてもらったが、筋道を立てての話は、トミ（モデルの人）だけであった」と書いているように、モデルはいるが、「小説」は、モデルとなった人の話がすべてであるわけではない、と断っていた。志堅原トミは、作者によって、あらたに生み出された人物であるということである。

聞き手であり、書き手でもある「私」が、志堅原トミに、遊郭及び慰安所について、話を聞こうと思いたったのは、「朝鮮出身慰安婦問題がマス・メディアを賑わしているころ」のことで、韓国では、国をあげて慰安婦にたいする補償問題が沸騰しているのに、日本本土や沖縄では、それがまったくないのはなぜか、と疑問に思ったからであるという。

最初、彼女は、私の取材申し込みをことわる。私は、その理由を知って引き下がることにするが、ある日、彼女が訪ねて来る。そして、彼女の語りが始まって行く。

作品は、「辻遊郭」、「慰安所へ」、「戦い終わって」の三章で構成されている。そして、一章が一から五まで、二章が六から九まで、三章が一〇から一二までというように一二の枠にそれぞれ区分されている。一二の枠は、多分、志堅原トミの話が一二回にわたるものであったことを示している。

志堅原トミの語りが、何月に始まったのか明らかにされていない。二度目の語りが「蝉の季節」であること、最後になった語りが「三月三日」になっていることから、ほぼ一年間にわたる語りであったことはわかる。一年で一二回ということでは、平均して月一回の割合ということになるが、必ずしも月一回ということはなく、トミの来訪は、不定期であったように見える。

その内容は、章立ての題目からわかる通り、辻が空襲で焼失する直前から米軍が上陸し、地上戦が戦われ、日本軍が壊滅していく中で、尾類たちも追いつめられ、ある者は死にある者は生き延びて捕虜になっていくまでと、戦後の生活を簡単に写しとって、終わりにしている。

志堅原トミは、その戦争で、辻の女たちが、「ジュリ」から「慰安婦」へとかたちをかえながら、どう生き抜いていったかについて語っているのだが、最後の一二は、必ずしも彼女が体験した出来事だけを語ったものではない。

それは、ツルが「私」の「質問」に答えるかたちになっていることと関係しているだけでなく、話を終えるにあたって考えていたことを話しておきたいということがあったのである。そしてそれは、沖縄戦の内実に斬り込んだものとなっていた。

志堅原トミは、聞き手である「私」の質問、戦争についてどう思いますか、という問いに「そうですねぇ。私は、私の狭い視野でイクサを見たに過ぎません。でも、確かにイクサを経験しました。難しいことはよくわかりませんが、『イクサというものは、人民に哀れ（悲しみ、苦しみ）を強いるものだ』というのが実感でございます」と答えていた。それは、一から一一までの語りを集約した言葉であり、体験に基づいたものであったが、その後の話は、そうではない。

戦後、しばらく経ってから聞かされたことでございますが、沖縄は本土作戦の時間稼ぎの捨て石だったそうで……。考えさせられました。日本のお偉い方々は、沖縄に六十万という日本国民が住んでいることを忘れていたのかと、日本国民ではないとお考えになっていたのではないかと、疑いました。

天皇陛下のご意志で終戦になったということも聞かされました。ここでも、疑問が生じました。

開戦のとき、天皇陛下には、それを止める権限がなかったそうです。また、日本が次第に追い詰められていることも、天皇陛下のお耳には達していなかったといいます。原子爆弾を落とされて気がつかれたということになると、これは、迂闊に過ぎるのではないかと思います。多くの人たちが、天皇陛下の御為ということで死んでいったのでございます。兵隊だけではありません。空襲などで、どれほどの国民が犠牲になったか、私にはわかりません。亡くなった方々だけではありません。亡くなった方々につながる、人々の悲しみは、今も続いているのでございます。この責任は、誰が負うべきでしょうか。戦争に関係した当時の偉い方々はおられません。今は、戦争を知らない世代の時代です。イクサがあったということも、次第に昔話になってしまうのでしょうか。

墨も知らない（学問もない）私ごときが口にすべきことでないことを、ウマージ・フラージ（思わず知らず）申し上げてしまいました。おゆるしくださいませ。

此処にはツルの体験ではなく、聞いたことをもとにして「考えさせられた」こと、そして「疑問」に思ったことが、語られていた。

志堅原トミが、それらの「考えさせられた」こと、「疑問」に思ったことを「ウマージ・フラージ（思わず知らず）」口にしてしまったというのは、たしかにそうだったとしても、それらの言葉は、占領下に放り出された戦後の沖縄の人々の心に食い込んで抜く事のできないトゲとなっているものであったはずである。そしてそれは、より深く「慰安婦」として、戦場に引きずられていった多くのジュリの心に突き刺さったものであったといっていいだろう。

一二にはあと一つ、考えたことを語るというのではなく、「解っていただきたいと思います」として、お願いの言葉が記されていた。それは、ジュリは、当時でも「いやしい仕事」と見られたこと、その一方で、「孝養とした社会通念」もあったこと、「遊郭」も「慰安所」も「金銭で春をひさぐことに変わりは」ないこと、両者ともに、戦前はともかく「現在の倫理観、人間尊重」の観点からすれば許されないこと、誰も好んで「ジュリや慰安婦になった」わけではない、といったようなことを知ってほしいということであった。

「遊女たちの戦争」の主意は、間違いなくこの二つ、一つは「亡くなった方々だけではありません。亡くなった方々につながる、人々の悲しみは、今も続いているのでございます。この責任は、誰が負うべきでしょうか。」という問い、そしてあとの一つ、「(ジュリたちは)好き好んでジュリや慰安婦になったのでは」ないということを理解してほしいということであった。

しかし、船越は、そのような志堅原トミの問いやお願いを訴えるためにこの作品を書いたのだろうか、ということになると、それだけではない、といわざるをえない。

船越には、ジュリの体験した戦争とともに、もっと伝えたいことがあったように思えるのである。

船越は、「あとがき」で、次のように書いていた。


沖縄戦の体験者は、年々歳々減少している。辻についても、同じことが言える。ただ、沖縄戦については多くの著作が出版され、歴史としての資料に事欠かない。しかし、辻についての文献は、これまでも少なかったし、これからも多くは望めない。この小説も、辻の遊郭としての終焉の頃を覗いたにすぎない。辻には、社会史、民俗史、あるいは祭祀などの面から貴重なものが残っていたような感じがしてならない。

船越は、そのように辻に関する文献の不足を嘆くとともに、色々な面で「貴重」なものが辻にはあったにちがいないという。だから、小説で、それらを掘り起こしてみたいといっているわけではないが、船越には、辻そして辻の女たちに対する一方ならぬ思いがあった。その思いだけでも書き残しておきたい、という気持ちがあったのではないか。

船越は、志堅原トミに「『辻には格式がある』『男と女の仲は、まず、心。しなさけ（情）が第一』というのが表の貌、裏には『お金が第一』という遊郭の本音がございました」と語らせていた。そして、それを補うかたちで、

志堅原トミが指摘したふたつの倫理観は遊廓という特殊社会では矛盾ではなかった。廓の女たちにとってはいずれも真実であった。「情愛」は精神的な支柱、「金銭」は現実面の中心課題。どちらが欠けてもならなかった。辻では「情愛は朽ちない」という言葉と「刃の下でしか金儲けはできない」という諺が両立していた。

と書いていた。

船越には、そのような遊廓の持つ二面性がよく見えていたことは間違いない。しかし船越は、現実面の「金銭」は措いて、精神的な支柱としての「情愛」を前面に描き出していくことに力を尽したといっていいだろう。それは、志堅原トミの抱え親や同僚に対する対し方を描いている場面だけでなく、初恋の男との対面を描いた場面によく表れているが、そのような行為ができたのは、彼女たちを律していたものがあったからであり、船越はそれを、トミが、「私」の家に訪れてきた最初の日の印象を「私」に語らせた場面で活写していた。

船越は「志堅原トミは軽く会釈をして茶碗をとり、静かに茶を喫した。八十歳に近い老女とは思えぬ艶なる仕種であった。言葉も格調高いものである。彼女の遊女としての品格を物語っていると、私は理解した」と書いていたのである。

船越は、ジュリをそのように「艶」のある、そしていつまでも「品格」を失わない存在であったととらえていた。それは、失ってしまったものへの郷愁が生み出したものだといっていえないこともないが、それだけではなかったであろう。

明治や大正の作家たちは、どうだったのだろう。

山城正忠、上間正雄、池宮城積宝、宮城聡といったそれぞれの時代を代表する沖縄の作家たちも、辻や辻のジュリたちが目の前にいる時代に彼女たちの登場する作品を書いていたが、彼らには、郷愁は無縁だったのではないだろうか。

それだけではない。たとえば、大城立裕の「幻影のゆくえ」や目取真俊の「群蝶の木」といった作品はどうだろうか。彼等の作品にも、それぞれジュリが登場していた。そのように見てくると、辻に対する郷愁といっただけで辻は描かれたのでないということが見えて来るのである。

『小説　遊女《ジュリ》たちの戦争　志堅原トミの話から』を書いた船越には、あと一つ「慰安所の少女」（『新沖縄文学』三二号　一九七六年二月一五日）と題したジュリを描いた作品があるが、船越はそこで、「すくなくとも辻には情緒があり、沖縄の言葉でいう『しなさけ』があった。金銭で売り、買われる遊客と娼婦という関係のほかに、なにものかがあった」と書いていた。

船越を筆頭に、沖縄の作家たちが辻の遊女たちについて書いたのはその「しなさけ」に惹かれてであったといっていい。しかし、それだけだったのだろうか。

沖縄の作家たちが、積み上げて来たジュリの登場してくる作品を追って行くと、「しなさけ」の奥にあと一つ「なにものかがあった」ように思えてくる。

◯

遊女の発生については、さまざまな説があるようだが、佐伯順子『遊女の文化史　ハレの女たち』を読むと、そこに「遊女―彼女たちこそは、今や俗なるものの領域へおとしめられてしまったかにみえる『性』を『聖なるもの』として生き、神々と共に遊んだ女たちであった。その舞い、歌う姿の中に、今日、音楽といわれ、あるいは演劇、文学といわれる『文化』の営みの多くが、まだ『文化』とは自覚されぬままに、若々しい姿をあらわしていたのである」という一節がある。

「遊女」が、「『性』を『聖なるもの』として生き、神々と共に遊んだ女たちであった」といわれていることや、「琉球のズリは最も露骨に然も最も確実に、我国巫娼の面影を残しているものである」（中山太郎「売笑三千年史」）といった指摘を踏まえていくと、沖縄の作家たちは、ツジの尾類たちに「神々と共に遊んだ女たち」の面影や、中山のいう「巫娼の面影」を見ていたのではないかと思う。少なくとも、彼女たちを、娼婦としてだけ見たのではないといっていいだろう。

葦間をはじめ、新垣、船越は、それぞれに、ジュリたちに「しなさけ」の発露だけではなく「巫女」的な側面を見ていたのではないだろうか。別言すれば、彼女たちに「をなり神」的な要素を見ていたのではないかと思う。

いずれにせよ、近代の小説から現在まで書き継がれ、沖縄の文学の一系譜として位置づけることのできるジュリの登場してくる作品群には、沖縄の大切な「をなり神」信仰の影が揺曳していると言えそうである。

# III　書簡の章

# 新進作家の自負と苦悶
## ――宮城聡書簡、昭和九年〜昭和十八年

宮城聡が、改造社に入社したのは一九二一年（大正十年）。雑誌『改造』の編集部に籍を置き、芥川龍之介等大正期の人気作家たちの原稿取りに駆け回り、やがて谷崎潤一郎、佐藤春夫等の知遇を得るが、一九二九年（昭和四年）、作家になりたいという夢を抑えることができなくなり退社する。一九三四年（昭和九年）、里見弴の推薦で『東京日日新聞』の夕刊に「故郷は地球」を連載、夢見ていた作家への第一歩を踏み出していく。

改造社時代から新進作家として登場するまでの宮城の活動については、『新沖縄文学』に連載された「文学と私」に詳しい。しかし、その後のことについては、隔靴掻痒の感をいなめない。

例えば「日本が太平洋戦争へ突入途上にあった頃、新しく発刊されたある総合雑誌に満二年勤めた」（「文学と私〈連載2〉」『新沖縄文学』八号）といった書き方、言論弾圧事件として知られる横浜事件が起った「一年ばかり前から、改造社に二度の勤めへ行っていた」（前出同号）といったような書き方をしているのである。

「新人作家」として登場して以後の記述が、婉曲な表現になっていたり素描程度になっていたり

しているのは、雑誌の紙幅の都合というよりも、記憶の精度及び書きづらい問題があったことによっているのであろうが、一九三四年から一九四三年にかけての足掛け十年間に関して、「文学と私」の記述を補ってくれるものが出てきた。

宮城の私信である。

澤田貞雄にあてた宮城の私信が、貞雄の息子澤田浩禧氏のところから出てきたのである。

澤田貞雄は、第十一次『新思潮』の編集兼発行者。『東京日日新聞』に菊池寛の推薦で「競争」を連載。宮城とともに「現文壇の大家五氏と、画壇の大先輩五氏とが、全責任を負ふて次の時代の文化に推薦するチャムピオン」(「夕刊小説予告　新人競筆陣　五大家推薦画期的企て」『東京日日新聞』昭和八年十二月二十六日号)であると紹介された五人の「新人」のうちの一人である。

澤田貞雄に宛てた書簡に記された宮城の住所は一度も変わってないが、澤田の住所は何度か変わっている。浩禧氏が持参した宮城の書簡をその宛先別に分けていくと、次のようになる。

1、本郷区本郷六丁目喜福寺境内　封書一通、
2、芝区白金丹波町二十　郵便はがき一通、封書二通
3、兵庫県加古郡母里村印南　郵便はがき七通、封書二通
4、兵庫県加古郡母里村、郵便はがき三通、封書四通、
5、鶴見末吉橋際　大塚様方　郵便はがき一通

6、兵庫県赤穂郡上郡町県立上郡町農学校内、封書三通
7、封書なし、手紙のみ四通
8、兵庫県武庫郡瓦木村高木石沢町西穂荘　封書一通
9、神戸市灘区八幡字備後町一―七八　六甲道アパート　封書二通

郵便はがきの検印、及び封書に貼られた切手等から、それぞれ読み取ることのできる年月日を写しておくと、

1、昭和九年七月二十七日、
2、郵便はがき―昭和九年十月二十五日、封書―昭和九年九月十日、一通不明
3、郵便はがき―昭和九年十二月一日、十二月六日、昭和十年二月一日、昭和十年四月二十五日、昭和十一年七月十七日、昭和十八年二月二十（二通）、封書―一通不明、一九七七―一一―九
4、郵便はがき―昭和九年十二月九日、昭和十八年十二月十七日（二通）、封書―昭和十二年四月一三日、昭和十六年八月二十一日、切手なし、検印不明二通、
5、昭和十一年八月四日、
6、昭和十二年十二月二十日、切手なし（剥落）二通、
7，昭和十二年九月二十二日、昭和十三年五月二十六日、昭和十六年□月十三日、昭和十八年

二月二十七日
8、昭和□□年十月十日、
9、昭和十八年三月二日、昭和十八年三月十一日、
となる（以後年号は書簡表記に準じる）。その何点かについては、
2、不明の一通は、宮城初枝が澤田俊子にあてたもので、切手がはがれ検印の年月がなく25の日にちだけが見える。
3、封書二通のうち一通は、三月八日夜の日付が封書の裏および手紙の終わりにあるが、切手が剥がれ落ち、日にちの9は分かるが、年月がない。あと一通は、一九七七―一一―九と封書の裏にはあるが、手紙の末尾には一九七七―一二―九となっている。切手が剥がれ落ちているだけでなく、検印の跡も見られない。
4、切手なし、検印不明の一通は、東京ダイアモンド社製の封筒が使われているが、そこに入っていたと思われる手紙はない。あと一通は、封筒裏に六日の日付、検印も年月が不明で日にちの6だけが見えるが、手紙の内容から昭和十年二月六日だと推測できる（剥がれ落ちていた切手があって、貼り合わせてみた）。
6、切手が剥がれ落ちている二通のうちの一通は、封書の裏に十月二十一日の日付、手紙の末

尾に二十一とあるが、あと一通は切手、検印の年月日もなく、封書にも手紙にも日付が記されてない。

7、封筒なしで手紙だけが残っている四通の年月日は、それぞれ文末に九月二十二日、五月二十六日、十三日、二十七日と記されていることからの推定である。

8、封書の裏に十月十日の日付が見られる。切手の上の検印が鮮明でなく、何年なのかわからない。封書だけで、それに入っていたと思われる手紙もみあたらない。

といったように、補注が必要かと思う。

宮城が澤田貞雄に宛てた書簡はそれだけではなかった。浩禧氏は、そのあと、整理していたらまだ残っていたのがあったとして郵送してきたのである。

宛先をみると

10、兵庫県神戸市生田区京町七九日本ビル澤田産業株式会社、封書一通

11、兵庫県加古郡稲美町印南、郵便はがき一通

となっていて、それぞれ

10、一九五八年五月二十四日
11、昭和五十六年元旦

の日付がみられる。10は、戦後初めての私信ではないかと思われるが、封筒のみで手紙は入ってなかった。

さらにあと一つ、宛名及び文末に記された名前の表記についても触れておきたい。

宮城から澤田に宛てられた私信は封書十六通（内一通は、宮城初枝から澤田俊子宛）、郵便はがき十三通であるが、封書十六通のうち四通の宛名は沢田、郵便はがき十三通のうち六通が沢田と表記されている。手紙の結びに澤田とあるのは昭和九年七月二十七日、昭和九年九月十日、昭和十八年二月二十七日（だと思われる「二十七日」の日付の見られる封筒なしの一通）、昭和十八年三月二日、昭和十八年三月十一日の五通で、あとは全て沢田と表記されている。澤田、沢田と二通りの表記を宮城はしているが、本稿では澤田浩禧氏が資料として持参された『人事興信録』（昭和五十八年三月）に記された表記にしたがって澤田を用いた。

澤田浩禧氏が持参および送付してきた宮城書簡は以上で、これから宮城を知る上で欠かせないと思われる何点かを取り上げて紹介していくことにしたいが、その前に、ことわっておかなければならないことが幾つかある。

その第一は、澤田浩禧氏が、澤田貞雄に宛てた宮城の書簡を持参してきた時、封筒の中に手紙は入ってなかったということである。

澤田貞雄は、宮城から送られてきた手紙を読んだあと、それを封筒に戻すことをしなかったのか、或いは、浩禧氏が、点検のために出したままにしてしまったのか、そこの所を聞きそびれてしまったのだが、いずれにせよ、手紙は封筒に入っておらず、手紙と封筒が対になっているような形で重ねられていたということである。

第二に、封筒の数と手紙文の数が同数ではなく、封筒の数に比べ、手紙文が四通多かった。それは、封筒の数が四つ足りなかったということではない。手紙が不明になっていると思われる封筒のみのものも三つあった。

第三に、注記しておいたとおり、持参してきたものの他に、その後見つかったということで送られてきた封書、郵便はがきがともに各一通ずつあるが、封書には手紙文が入っていなかったということである。

第四に、切手が剥がれ落ちていて、その上に押されていた検印も消えてしまったもの、切手も検印もあるが、不鮮明で年月日を特定できないのがあるということである。

そこで、年月日の特定と、手紙文を封筒に戻す作業から始めなければならないということになったのである。手紙と封筒とが対になって重なっていたかたちをたよりにして、作業には細心の注意を払ったつもりだが、不安がないわけではない。

宮城は、ほとんどの封筒裏と手紙文の終わりに、日にちを書き入れている。それで、手紙を封筒に戻すのは比較的簡単であるが、日付のないのもあって、その処理に迷わざるを得ないのがあった。

一例だけ上げておけば、文末に「二十七日」と記された手紙があって、それがたまたま二通出てきたのである。その一通は、間違いなく昭和九年七月二十七日の検印および封筒裏に「七月二十九日」と記された封筒に納めることができたが、あと一通は、それを入れるのに適切だと思われる封筒が見当たらないため、何年何月の「二十七日」なのか直ぐには判別できなかった。

一通は、いわば宙に浮いたかたちになったのである。そこでまず、用紙の点検から始めることにした。するとそれは、昭和十八年の手紙二通の用紙と同じであることがわかったのである。次にその内容を見ていくと、それもまた、先の二通と関係していて、二通に繋がる記述であることがほぼ確実だと思えるものであった。

封筒の確定できなかった「二十七日」の手紙は、昭和十八年の二月二十七日に出されたものに違いないと推測されたことで、そこから逆に封筒を探してみたところ、これだと断定できる封筒が見あたらなかったのである。

封筒とそれに入っていたと思われる手紙とが別々になっていたため、そのようにいくつか戸惑わざるを得ないことが起こったが、そのことを頭の片隅に置いて、澤田貞雄宛書簡を見ていくことにする。

○

宮城と澤田との書簡のやりとりがいつ頃から始まったのか、そしてそれは、誰から始まったのか、といったことを確定するのは難しい。残されているもので、もっとも古い昭和九年七月二十七日の検印がある封筒に入っていたと思われる松屋製四〇〇百字詰め原稿用紙を用いた手紙があるが、それは次にように始まっていた。


澤田さん、只今御芳墨に預り誠に嬉しく有難く感謝致してゐます。雑誌私の方からお送り致せばよかつたと済まなく思います　あの作は今一度書き直す積りなのがそのまゝ出ることになりまして意に充たぬ所が可なりありますが後日手を入れようと思つてゐます。

貴方の御手紙を頂いて何か知ら兄弟に肩をたゝかれて奮発を促されるやうな気分が心の底に感じます　今後吾々五人がもつと芸術の友として接近する機会も欲しい気がします　昨日「あらくれ」を見て何か私達も自由な発表機関があつたらと考へるにつけて貴方を彷彿と思ひ浮かべました

右の文面からすると、宮城の作品について触れた澤田からの手紙をきっかけに二人の文通そして交流が始まったのではないかと考えられるが、澤田が、宮城に手紙を寄せたのは、例の『東京日日新聞』への登場を機縁にしていたことがわかる。

澤田の手紙を受け取った宮城は、澤田が読んだ作品について「意に充たぬ所が可なり」あって「今一度書き直す積り」だったと書いているが、その作品は何だったのだろうか。昭和九年宮城が発表した作品は、「故郷は地球」の他に「生活の誕生」「樫の芽生え」「無花果の実一つ」「ジャガス」などがある。「無花果の実一つ」は『若草』十一月号、「ジャガス」は『三田文学』十二月号で、手紙以後の発表であり、「生活の誕生」は『三田文学』三月号で、随分以前のことになる。相当する作品ということになれば『改造』八月号に発表された「樫の芽生え」以外には見当たらない。

澤田宛の手紙が書かれたのが「七月二十七日」。ということは、澤田から宮城宛の手紙が来たのは「二十七日」以前ということになる。その時すでに八月号に掲載された作品を読んでいたというのはおかしい感じがしないでもないが、「樫の芽生え」の掲載された『改造』八月号の奥付を見ると、発行が八月一日、印刷納本は七月十八日になっている。二十日前後に、雑誌は書店に並んでいて、澤田はいち早く手に取っていたのではないかと思われる。

宮城は、先の文に続けて、「御勉強は如何ですか　一度御邪魔して御勉励の様子を伺ひ度いと思ひます」と書いたあとに、

今度の拙作の評は口伝では割方好意を持たれてゐるやうに聞いてゐます　神近市子さんからははがきで褒めて来ました　尾崎士郎氏の友人達がいい作と云つてゐる由を昨日改造社の人が伝えてくれました　然しなか〳〵未熟で思い及ばぬ観点がある上に知つてゐて直せなかつた所もありますので余り酷評だけは無ければいいがと祈つてゐます　それにつけても仕事の友から激励の言葉を得るのは何よりも嬉しく有難くなりました　是非あなたの作にも常に好意を忘れないで見逃さないやうに

し度いと考へてゐます。私は蟄居ばかりしてゐますので殆どいろ〳〵の雑誌を見ないものですから……先日お話なされたあの雑誌はもうやつてゐられないですか、これから作品が出ます時はお互いに知らし合はうぢやありませんか。そしてお互に何かにつけ進出の便利もはかり合ふことも出来るのではないかと思います。

と、続けていた。

宮城は、自作の作品が好評だと伝えるとともに、仕事仲間からの激励はなにものにも代え難いといい、自分があまり外に出ないこともあって新しい雑誌を見る機会も少ないと、創作に没頭していることをそれとなく伝える書き方をしているが、そこに「先日お話なされた」という文面があることからすると、すでに面識があり、話し合う機会があったこともわかる。

宮城は「文学と私」の最終回で、やはり昭和九年に「新人競筆陣」で登場した五人のうちの一人森敦が芥川賞を受賞したことについて触れたあとで、菊池寛の推薦で登場した澤田貞雄は、当時東京帝大の学生であったこと、結婚していて「芝の清正公市電停留所の近くに住んで」いたこと、住まいが近いせいもあって「何時とはなしに知り」合ったといったことを書いていた。

宮城と澤田は、少なくとも昭和九年七月二十七日以前から交流のあったことがわかる。と同時に、宮城が澤田に宛てた手紙は、ここから始まったように見える。九年の十月から十一年にかけて郵便はがきが八通残されているが、九年十二月一日の郵便はがきには、「御帰省されたので大へん淋し

くなりました　御郷里はやはり懐かしいいい所でせうね」とあって、澤田が、故郷に帰ったこともわかる。

十二月一日の郵便はがきは、台風被害はなかったかと尋ねたあとで、

創作は是非々々奮励して下さい。私も懸命（に）やります　拙作ジヤガス　改造の人々は推賞してくれました。私は随筆十六枚かきましたから（特殊な雑誌に）出ましたら一興にお送りします　制作にも三枚半依頼されてかきました　郷里の新聞から五十枚の作品の依頼には恐れて随筆に勘弁しました　是非〱貴兄が力作を励まるのを祈ります　私も今年中にはきつと今やっているのを完成する考へです　貴兄の栄冠を貴兄よりも祈っている次第ですから奥様はたへず鞭をお忘れないやうに強く〱申述べて置きます

と書いていた。

宮城は、『東京日日新聞』に登場したあと相次いで作品を発表し、にわかに新人作家として知られるようになっていたことがわかる。郷里沖縄の新聞社も、さっそく作品の依頼をしていて、宮城の夢みた作家の生活が、実現しはじめていた。手紙は、その高揚感がよく伝わってくるものとなっている。

九年十二月一日の検印がある郵便はがきの宛先は兵庫県加古郡母里村印南になっていることで、

澤田が居を移したこと、澤田の妻に澤田を勉励するようお願いしていること、はがきの宛名に貞雄と並べて奥様の文字が記されていることから、家族同士の付き合いも始まっていたことがわかる。

九年には、澤田が故郷に帰ったこと、作品の発表が多くなったこと、また「私も雄心勃々たるものがあります　御上京後うんと文壇のことを語りませう　改造は大谷　中谷二人の新人　新年号に入りますが　その作は吾々に自信を持たすにすぎません」（九年十二月九日付け郵便はがき　改造社専用はがき）といったように、文壇を担って立つ気概が溢れんばかりになっていたことがわかるが、あと一つ「私は例の通り秀英舎通ひをしてゐます　今夜もおそくなりましたが」（九年十二月九日付け郵便はがき　改造社専用はがき）とあって、原稿料だけでは生活できず、改造の出張校正に出ていたこともわかる。

翌十年には郵便はがき二枚に書簡一通、はがきは、澤田の作品の件で「貴方の苦心の作が当選するのを祈つています　拙作も採用してくれはしないかと思つてゐますが。六十枚余りですが自分では相当行つてゐる積りでゐます」（十年二月一日検印）というのがあって、そのあと六日の日付で、一日のはがきに続く手紙を送っている。

最後の五六篇内には入ることは小生確信を持ってお伝へ出来ますが、入選二篇の中を予期してゐることだけは昨年の与儀君（が当選を期待し）みたいなそして全く期待せずにゐた酒井氏が入選したようなことがあります故虚心坦懐に待つようにしませう二月一日のはがきに宮城は、作品を四日に改造に持って行く約束をしたので、三日には発送して欲しいこと、「改造ではもう荒選はやったこと、今月一杯に当選作が決定する」といったことを書いていた。

そして六日の書簡になるが、宮城は、そこで、澤田から作品が届いたのは、四日の夜だったので、担当のものに渡したのは五日の朝になったこと、遅れて受け付けたことについては他言しないよう両方で守ろうと堅く約束した、といったことを書いていた。

右の私信は、そのあとに続くもので、「与儀君」というのは、與儀正昌のことである。昭和九年七月号に掲載された「第七回懸賞創作当選発表」を見ると、入選に大谷藤子の「半生」、酒井龍輔の「油麻藤の花」、選外佳作に與儀正昌の「人事」が入っている。ちなみにその時の選外佳作には湯浅克衛の「カンナニ」、安西冬衛の「地理」、石川達三の「蒼茫」、八木義徳の「『猫小路』の子」などがあった。

六日の書簡は、二月中には、当選が「殆ど決定します」といい「小生も一作出来ました　先に改造行った時はそのようでした」と書いていたが、その「一作」が、何なのかはっきりしない。昭和十年に『改造』に掲載された宮城の作品には「ラッキー布哇」（十年十一月号）と『三田文学』（昭和十年七月号）に掲載された「罪」があるが、「ラッキー布哇」は紀行文であることからして、「罪」であった確率が高い。

宮城が改造社に持ち込んだ澤田の作品がどうなったのか、そのことについて触れた書簡はない。十年四月二十五日の検印がある郵便はがきは、「随分御無沙汰しました」と始まっていて、しばらく、音信が途絶えていたように見えるが、そこには「貴方がゐない東京は私には少し淋しい」「私の貴方に逢ひ度い気持は貴方の想像以上です」（四月二十五日）とあって、何かこころ屈するものがあったことを窺わせるものとなっている。

○

昭和十一年には七月十一日の検印が見られる郵便はがきがある。澤田から「ポテトー」が送られてきて、早速子供たちともどもご馳走になったという、お礼のはがきだが、宮城は、その前に

澤田兄随分久し振り御無沙汰しました　ハワイからお客が次から〳〵とあり案内したり迎へたりそれからあつち向きの本を一つ書き下ろしたりでずつとガタ〳〵してゐました

と書いていた。

宮城が、改造社の日本文学全集の宣伝のためハワイに渡ったのは昭和二年、そのあと、やはり改造社社長の肝いりで、十年に再渡布、そして翌十一年七月一日には東京図書株式会社から『創作ホノルル』を刊行していた。「あつち向きの本」というのは、それを指している。

昭和十二年になると、郵便ハガキにかわって封書になる。九月二十二日の日付のある、封筒の見あたらない手紙で、昭和十二年のものではないかと思われるのがある。その根拠は、その用紙にある。昭和十二年四月十三日の検印がある手紙の用紙が、盛文堂製の四百字詰め原稿用紙で、それと同じものが用いられていること、二つには、「三等渡米記は九月の星座に出ました」という文章がみあたることなどによる。しかし、確定するには不安がないわけでもない。というのは、宮城の『創作　ホノルル』が刊行されたのが、昭和十一年七月一日で、そこに「三等渡布記」と題された作品が収録されているからである。手紙の「米」が「布」の書き違いだとすると、すでに創作集におさめた作品を、改めて雑誌に発表したということになる。

宮城の名前が、「星座」の同人名簿に現れるのは昭和十二年五月一日発行「星座付録第六号」からである。『星座』が同人誌であったことからすると、作品の発表は同人になって以後ということになるかと思うが、同人になる前に、どうして同人誌に作品を発表することができたのだろうか。

『星座』の同人に與儀正昌がいた。與儀は創刊当初からの同人であったことから､彼の強い推薦で、作品を掲載することが出来たのではないかとも考えられるが、よくわからない。それは、昭和十一年の九月号（第二巻九号）『星座』を見ればたちどころに氷解するのではないかと思われるが、あいにく、復刻されたマイクロフィッシュ版でも欠号になっていて、今のところ、照合のしようがない。

九月二十二日の日付のある手紙を、昭和十二年のものだとする根拠は、手紙の用紙にあるが、そこには、また次のような言葉が記されていた。

今秋はほんとにやりませう　ほんとに我等は文士として文士の体面を泥で塗らないで我等二人の天下を招来しませう　学兄も腕節が強いし現在のやうなへな〳〵ぺんは弱いから我々二人の腕には一寸むかなかつたが、これから世の中が物騒になつたので　いや文壇といふ壇上が非常時になりましたから是非乃公等が出ないといはゆる柔弱の文士共を取り抑へが出来ません　僕も唐手でやりますから学兄は一つ團先生に教つた古今の美学と若い溌剌たる元気でやつて下さい　もう徹底的に創作して下さい　来年の芥川賞を取らずば止まぬ意気でやつて下さい

「柔弱の文士共」というのは、いったい、どういった「文士」たちを指していたのだろうか。「世の中が物騒になつた」といい、「文壇といふ壇上が非常時」になったというのは、多分、十二年七月「華北蘆溝橋で日華兵衝突、日華事変勃発」（『現代日本文學年表』現代日本文學全集別巻2　筑摩書房昭和三十三年九月）といった事態の現出と関係している。「柔弱の文士共」というのは、そのような事態と無関係な作品を書いている作家たちを指しているようにも見えるが、宮城の口吻からは、何か、ただならぬものが伝わってくる。

宮城は、そこで、澤田に作品を改造に出したらどうかといい、「何でもいいから大いに書きませう　私も書きますよ、必ず書きますよ、私も野心持っています　貴兄がのう〳〵としてゐてはいかんですよ　私の場合は少々俗事に災されるので少し割引きして下さい　然し学兄の場合は外に何も

ないのだから緊張しないとだめですよ」とたきつけたあと、

生馬の目を貫く文壇もいいが、私達はそんな小股すくひはやらず大上段から打ち下してマットの上にノックアウトさせる闊歩をやりませう　私はもう四五十枚の小説は凡そ意味ないから一つ最小限度五千枚の作品カラーマーゾフの兄弟の兄弟分の原始から文明といふウエールス張りの名を持つた傑作を世界の文学史の山脈にヒマラヤ山脈を生まうと考へてゐます

学兄は芥川賞と改造一等を狙つて射止めて下さい、改造一等や芥川賞は富士山に登るのですから手近かで早いです　わたしのヒマラヤはゆつくり〳〵準備を整へこれから欧州航路に乗つて印度で下船と云つた風に手がこみます　私等は何にせよ大いに励ましてやりませう　僕の出来ることは必ずやりますよ

と書いていた。

宮城の意気や天を突かんばかりで、いささか誇大妄想気味だといっていいが、一体何が、彼をそれほどまでに興奮させたのだろうか。

昭和十二年は、「日華事変」の勃発によって、世の中が騒がしくなっていくが、宮城の周辺も、にわかにあわただしさを増している。

切手が剥がれているばかりでなく、手紙にも日付が記されてないため、これも推測するしかない

手紙だが、昭和十二年の十一月ごろのものではないかと思われる一通がある。それは、十二年十二月□日の検印がある手紙の宛先と同じ宛先になっていること、また同じ宛先になるもので、切手が剥がれていて年月はわからないが、封筒の裏および手紙に二十一日の日付の見られる手紙の用紙が「ダイアモンド社原稿紙」と印刷された原稿用紙を用いていることなどによる推測だが、宮城は、そこに、石坂の「若い人」の売れ行きや林芙美子の作品の印税が「一万円に近い」といったこと、そして「五円十円に苦しむ不甲斐なさしみ〲感じます」という嘆きとともに「それまでお話しませんでしたが　私も新春を期して必ずやつつける考へで懸命になり　妻は郷里へ四人の子を連れさせて追ツ払ふことに確定　来る十三日の便で神戸を立たさうと思つてゐます」といい、次のようなことを書いていた。

　私も来春には出来さうな曙光を認めてゐます　六日に出る改造の臨時号には中間の駄文を二十二枚書きましたが追ひ〲私の喜びもお伝へ出来るのを祈ってゐます　妻を帰す旅費を苦面《ママ》中ですがそれさへ済めば　最大スピードで、長男二男の二人を膝元に従へて三人でうんと勉強する考へでゐます　私来春には中公まで乗り出す考へですから貴兄も絶へず意地悪い目を自分に向けてゐて下さい
　私の書き度いことは　いつもその励まし合ひです

そこにはまた「日本でも百万の本が売れること分りました　露営の歌は百万枚突破の曲です　二

円の本　百万の印税は二十万円です　お互　百万売れる本を書く意気がなによりです」ともある。

昭和十三年の春には何か出来そうだといい、「六日に出る改造の臨時号には中間の駄文を二十二枚書きました」と認めているが、『改造　南方支那号』が出たのは、十二月十六日で、宮城はそこに「琉球を繞る日支関係史譚」を発表していた。

それは、十二年九月に発表した「浜木綿、まに、蘇鉄等」に次いで書かれた沖縄に関する随筆であるが、「駄文」と書いてあるところからすると、小説でないことに忸怩たるものがあったのだろう。

妻を郷里に帰して、創作に専念したいという思いとともに、他者の印税のことを書き立てているところから察すると、生活によほど窮していたのではないかと思われるが、創作への意気込みはいささかも衰えてない。

昭和十二年の十一月ごろのものではないかと推測される一通とは異なり、検印および封筒裏に記された日付から昭和十二年十二月二十日に書かれたことがはっきりしている一通がある。それは、半紙に筆でしたためられている。

澤田は、「妻を帰す旅費を苦面《ママ》中」だと書いていた宮城の先の手紙を受け取って、さっそく「餞別」を送っていた。十二月二十日の宮城の手紙は、それに対するもので、「先には御厚情に溢れた御餞別を頂いて全く何とも申し上げようありませんでした　而も行かないと来て居るので少からずどぎまぎの態でしたが外ならぬ貴方の御厚情がましくそのまゝ頂きました」とあり、宮城の窮状察するにあまりあるが、そこには、さらに驚くべき事が記されていた。

「妻の郷里行き」は当分実現しそうもないが、「然しその中に事情が変じました」として

何時になるか知りませんが私が外地へ行くことになるかも知りません。朝鮮です　総督府か学校か何処か知りませんが大体決定しています　拓務参与が伊礼といふ代議士でいい友人です所《ママ》から先に満州朝鮮旅行中に話を纏め今度朝鮮の政務総監や学務局長が来て愈々履歴書も出しました　書くことを特色として採用する由で　その点非常にいい条件で待遇もできるだけよくさせるとのことです

とあり、そのあと、先の手紙同様、石坂の今年の改造社からの印税が六千円を超したそうだといったこと、「人の仕事を羨むと共に　是非私達もやつつけて見ませう　私は朝鮮にでも行かぬと生活苦でどうしても仕事が出来ませんから　朝鮮へ行つて　きつと仕事します」と書き、林芙美子もやはり改造から出した本の印税が一万円にのぼるそうだといい、「いい物書いて二人で轡を並べて一年に一万円と云はず二三万円を取つて見ませう　三四年辛抱しませう」と書いていた。

手紙は、そのように、朝鮮に行くこと、お互いにいい作品を書いて石坂や林にまけないくらいの印税を手にしようといったように、近況および抱負を述べたあと、「学兄に改めて誠に申上げ兼ねますが御相談します」と前置きし、

学兄に改めて誠に申上げ兼ねますが御相談します　妻も帰す旅費作つた位でしたがすつかり消えて

これから新年の方策ですが　若し貴兄に十円位繰合せ出来ましたら例により無期限で何とか願へないかと非常に感心しないお願いをいたします　先のだつて決して忘れませんし何時かはと考へますが今までは駄目でした　今度本職つきましたら書く分は予知外の収入にして少しゆとり出る積りでゐます　何卒悪く思はないで下さい　又学兄の御都合悪かつたらちつとも御心に止められずにゐて下さい　誠に御恥かしく済みません

と借金の申し込みをしていた。

十二月二十日の手紙は、正月を迎えるためのお金を貸してほしいというお願いをするために書かれていたといっていい。宮城は、誠に逼迫していたのであるが、そのなかで「三四月号位には拙作改造に採用なるかと思つてゐます　これはやはり生活暗澹の材料ですが略及第してゐます」と手応えのある作品を書きあげていたこともわかる。

昭和十二年十二月二十日の手紙を受け取った澤田が、それにどう応対したか分からないが、その後、宮城に何度か便りを送っただけでなく、上京して会ってもいたことが、五月二十六日と文末に記された松屋製四百字詰め原稿用紙を用いた手紙からわかる。

五月二十六日付けの手紙は、「澤田兄御無沙汰いたしましまことにすみません　両度のおたよりを受け委しく思ひを語らうと考へ乍らつい今になりました　私の身近はちつとも予定が実現しませんで煩労な日々ばかりで御上京の折も二人で愉快に語れなかつたのがどんなに私に残念でしたことでせ

う　きつと貴方は私の苦境を察して見送りもさせなかつたのだらうと恨むよりも感謝が起きました」と書き出し、生活に煩わされて書けないが「若し、状態さへよくなつたら書き度い書かうとは考へてゐます」といい、就職運動をしているが、年をとるとそれも難しいこと、「毎日くよ〳〵して石坂の百分の一万分の一もし得ない自分はつく〳〵考へます　これは私のやうな立場に立たないとほんとにしみ〳〵分りませんよ」と、嘆いたあと、

朝鮮行きも難しいようです　朝鮮だけは行ける積りでしたが駄目でした、東京で頑張って見ますやつと文芸の拙作も七月号には出ることの由ですがこれとて出ないでは分りません　幸ひに出たらこれをきつかけに少しでも進歩し度いとは考へてゐます

と書き送っていた。

十二月二十日の手紙に「大体決定しています」と書いていた朝鮮行きの夢が破れたことで、長い御無沙汰になったのではないかと思われるが、宮城は、生活に追いつめられながらも、作品を書きたいという思いを捨てる事はなかった。

昭和十三年『文芸』七月号には、宮城が「出ることの由ですがこれとて出ないでは分りません」といっていた作品が掲載されていた。「応急ならず」である。

○

昭和十三年の五月二十六日以後、十四年、十五年と二年間の手紙は残ってない。その間宮城からの音信がなかったのか、澤田が保管してなかったのかはっきりしないが、次の文面からすると、音信が途絶えていたようにも見える。

今日はおたより嬉しく頂きました、貴方の生活が見る思ひがします　学校の先生からの急転向も貴方には不自然でないやうに思はれます　皆様御丈夫に御過しのやうで喜んでゐます　私方も皆元気にしてゐます　私は、公論すつかり止めました　家に引つこもつて何するとなしに過ごしてゐます

十三日の日付が見られる手紙は、それの入っていた封筒が見当たらないので確実な年月はわからないが、手紙の文末に八月十九日と記された昭和十六年八月二十一日の検印及び封筒の裏側に八月十九日の日付が見られる手紙とほぼ内容がかさなっていることから、昭和十六年だと推定できるのだが、宮城は、「公論」をやめたこと、澤田もまた職を変えていたことがわかる。

宮城は、朝鮮行きが駄目になったあと、公論社に勤めていたのであろう。澤田は、別の高校に移らず、会社勤めをするようになったのであろう。二人共に、十三日の手紙から、身辺に大きな変化があったことがわかるが、その他の情報にはわかりにくいところがある。

一つは「仏印あたりへ乗り出しませんか」というのであり、あとの一つは「米国へ船が出ますので　忙がしくなりましたが一つ落ち着いたらゆつくり書きます」というのである。

八月十九日の日付が見られる手紙は、澤田から「結構な送り物を頂いた」お礼の手紙である。そこに「私も公論を退めたり　ハワイやアメリカからの親戚や友人の接待など毎日ガタガタした日ばかり過して失礼しました」とあり、「米国へ船が出ますので」は、このことと関係するものであったのではないかと想像されるが、「仏印」については、やはり謎としかいいようがない。

十六年八月十九日の手紙のあと、十七年はなく、十八年になって二月十七日の検印が見られる郵便はがき二通、二十日の二通、二十七日の日付がある封書なしの手紙、三月二日の検印がある封書、三月十一日の日付がある封書が残されている。

十八年にはそのように二月から三月にかけて立て続けに郵便はがき及び封書を宮城は書き送っているが、それは宮城の息子が姫路の高校を受験することになったためであった。

二十七日の日付の見られる手紙は、旅館に宿泊できない場合は、奥様に面倒をかけることになるがよろしくお願いしたいとしてその日程を伝えているが、その前に、次のようなことを書いていた。

力作御提出のこと私まで何か希望に充つた気持ちがします　当選をお互に祈つてゐませう。若しもの場合は御はがきの趣き大丈夫です　予選のことについては宮本君へもよく話して通過確実にします　川端氏から林房雄氏（選者の由）へ何とか巧く渡りあつたがいいですがね。それですと大変有望と思ひます　私も少年用の本を依頼されてゐますが、その依頼者が急死してまだ運が来ないのかと少し気を落してゐます　紀元社といふ少年物を出す名義人である親しい者でしたが死なれて失望

してゐますが仕事は続ける考へでゐます

ここには、澤田がまだ創作を続けていたこと、そして、宮城にも「少年用の本」だとはいえ依頼があったこと、しかし依頼者の死でそれも流れてしまい、意気消沈しているといった状態にあることが綴られているが、仕事への意欲は失ってなかった。

三月二日の検印がある手紙には、受験の日にちもせまり、いよいよ奥さんに面倒を見て頂くことになるといったことを書いたあと、

御作の件は　私が出かけてよく連絡取ります　その上で御知らせします　仕事のことも　今後お互いによく連絡取り合はふと思ひます

とあって、澤田の作品の選考結果がまだ出てないことを知らせている。

そして、三月十日の手紙には、妻と子どもが世話になったお礼を述べ、二十七日の手紙にはは

改造の方是非やつて下さい　私も勉強します　寒くて今はまがつてゐますが　そろ〳〵やります

とあるのが見られる。

昭和九年登場組の二人は、お互いに励まし合って、戦時下にあっても創作に励んでいたことがよくわかるが、宮城にはかつての元気さが見られない。息子の受験の心配もあったとはいえ「まがつて」いるという言葉には、何か尾羽うちからした様子がみえる。

澤田と宮城との戦前のやり取りは、これを最後にしている。戦争が、厳しさを増していったことで手紙のやり取りが不自由になったということもあるだろうが、それ以上に、二人ともこれまでのように小説を書くことがなくなっていたことによるのではなかろうか。小説を書いて、沢山の印税を得たいと野心を燃やしていたものが、小説を書いてもそれを発表する場所が少なくなったばかりか、書くとすれば、戦意高揚をうたったものでなければならないような情況になっていたのである。生活の窮乏、貧苦を書くのを得意とした作家には難しい時代がやってきていたといっていいだろう。

○

宮城から澤田への戦後の便りで、保管されているのは、一九五八年五月二十四日の検印がある那覇から送られた航空郵便、昭和五十六年元旦の年賀ハガキそして「一九七七―一一―九」の日付が封筒裏にみられる切手なしの手紙の都合三通であるが、一九五八年のそれは封筒のみで手紙は残ってない。

封筒裏に一九七七―一一―九の日付（手紙には一九七七―一二―九）が見られる手紙は、次のようになっている。

御健壮快で御発展のことおよろこび申し上げます　長い御無沙汰すみません
突然奥様から御電話を頂きまことにお懐しく昔がま近く甦りました。
澤田さんは　御令息様方御令嬢様打ち揃って御健かにしかも皆様御出世のおこと人生の悦びこれに
勝るものはないと存じます　重ねて祝福申し上げます　降而私は、御別れ以来人生の苦難ばかりに
終始いたしましたが帰郷那覇に在住しまして世すぎの苦しみは取り除くことが出来ました　御存じ
の亡妻は二十余年前に世を去り新しく人生の再出発を故郷にもとめました。故郷に帰って以後は文
学関係に日を過しましたが専心文学に精進することがなくアブ蜂とらずの状態で過し後悔さきに立
たずの言葉通り怠け者の自省をいたしております　たゞ琉球政府の委嘱で沖縄県史の中の戦争記録
一巻（約千余頁）を聞き書きに三年八ケ月を費したことは、ちょっと充実したような気持ちで取り
組み中央でも朝日毎日他各新聞が取り上げてくれました。この巻は今では全く入手出来ませんので
澤田さんへも御送り出来ないのを残念に思います
澤田さんもきっとお勉強なさっていられることと思います　澤田さんはお若いのでこれからいくら
でも文学のお仕事も可能性が多大であります
今度の文化勲章授省《ママ》者に山本丘人さんがいられましたが一つの仕事に打ち込んでいる人が最後に栄
冠を得るものと感じます、わたくしと一緒に改造時代に私小説を主題に書いていた上林暁が中気で
寝た切り病人でありながら今度筑摩書房から全集が出ますが、元気でありながら何も出来ない自分

を後悔しています。澤田さんはこれまでいろいろお活躍されたし、文学も御気持ちでいくらでもお出来になる春秋をお持ちになっていられる
しかしこの人生で何をやってもいいと思います　いつかお目にかかってと　心ゆくばかり語る日のあることを願います、毎年一度だけは上京します　関西に行く機会がありましたらお目にかかりたいと思っています、澤田さんも一度沖縄にいらっしゃいませんですか。
ますます御健壮で御活躍を祈ります　空港で御令閨様にお目にかゝれること□期待しながら書きました　乱筆御免下さい　七七―一二―九　那覇市で　宮城　聡
澤田貞雄様

澤田は、宮城が沖縄にいることを一九五八年の手紙（封筒のみ）で知っていたのであろう。それに対する返事もしていただろうが、一九七七年、澤田の奥さんは、どのような用件があって宮城への電話を思いたったのだろうか。電話の内容については宮城も記してないが、その電話に宮城は驚くと共に、こみあげてくるなつかしさを抑えかねていたことがわかる。

手紙の文字の揺れ具合から宮城が高齢になっていたことが窺われるのだが、宮城はその時、八十二歳になっていた。

昭和五十六年元旦の年賀はがきは、

早春に御来沖されませんでしょうか　大へん暖かいのです　海洋博跡にロイヤルホテルがあります
が　大変いいところです
沖縄は近いですよ、是非一度いらして下さい

と、沖縄に遊びにきたらとのさそいをしているが、はがきの宛名は、貞と並べて定と書かれているだけでなく雄が男となっていて、名前の表記が定かでなくなっている。七七年から四年しかたってないが、記憶が薄れていたとしても不思議ではない。宮城は八十六歳になっていた。

宮城から澤田に宛てられた私信は、多分これが最後のものになったのではないか。

昭和九年から昭和五十六年まで、四十七年間、年数の長さからすると、残された書簡はそう多いとは言えない。しかし、これらの書簡が、宮城の回想「文学と私」を補うものとして、大層貴重な資料であることは間違いないはずである。

＊補注・宮城聡書簡について
澤田浩禧氏が持参および郵送して下さった書簡類は、私物化するよりも、宮城聡関係書類を保管している沖縄県立公文書館に納めたほうが大事だと考え､係員に託した。ところが、公文書館では私的な文書は預からない方針なので、図書館に収めたらどうだろうということで、沖縄県立図書館に保管を依頼したということである。

# ハワイの収容所で書かれた捕虜たちの手紙

## はじめに

二〇一八年八月二四日付『琉球新報』は、「ハワイ捕虜の手紙発見」の見出しで、「沖縄戦で米軍の捕虜となり、移送先のハワイで抑留生活を強いられていた県出身者らが一九四五～四六年当時、捕虜収容所から現地に住む県人や県系人に宛てた手紙一五通が二三日までに見つかった」と、一面トップで報じていた。

同紙はまた、二〇一六年から一七年にかけて「ハワイで慰霊祭を　沖縄戦で捕虜、異国で死亡(一六年一一月四日)、「ハワイ慰霊祭実現へ　月内決定沖縄協会が実行委」(同一二月八日)、「ハワイ移送後死亡の県人捕虜　六月四日に慰霊祭」(一七年一月一二日)、「身元不明の県人七名の氏名公表ハワイ慰霊祭前に実行委」(同一月二〇日)、「ハワイ沖縄連が全面協力　六月の捕虜県人慰霊祭」(同三月九日)、「ハワイ慰霊祭　捕虜の魂安らかに」「祈り　鎮魂の音に涙」(同六月六日)、「収容所跡を初訪問」(同七日)、「鎮魂の旅に意義」(同九日)といったように、沖縄戦で捕虜になり、収容先の屋嘉等からハワイへ送られ、ハワイの収容所で亡くなり、遺骨の行方もわからない方々の遺骨の返還要請及び慰霊祭の開催に関する記事を相次いで出していた。

「一五通」の「手紙」の発見は、五カ月に及ぶそのような新聞の報道が機縁になったといっていいだろう。

「ハワイ捕虜の手紙発見」の記事によると「手紙はジミーの稲嶺盛一郎社長の義父でハワイ在住の金城正夫さん＝糸満市出身が保管」していたものであるという。

ハワイ現地で発行されていた邦字新聞『布哇ヘラルド』と『布哇タイムス』は、ハワイの収容所に送られた沖縄の捕虜たちに関する記事を数多く掲載していた。しかし、二紙ともに、捕虜収容所にいた者たちが、現地の沖縄県系人に手渡した手紙を公開した形跡はない。

ハワイに送られた捕虜たちの体験談の中には、手紙を出したことについて語っているのが幾つも見られる。しかし、手紙の現物は見当たらない。「一五通」の手紙の発見は、それだけに大きな出来事であった。

新聞は「沖縄戦で捕虜となり、ハワイへ移送された県出身者は三千人に上る」と報じていた。実に多くの捕虜が、ハワイに送られていたことからして、多くの手紙が書かれたに違いないが、見つかったのは、いまのところ、この「一五通」しかないのである。

「一五通」の手紙は、その時その場と関わって書かれていて、ハワイに送られた捕虜たちの思いが、じかに伝わってくるものとなっている。

「一五通」のおおよその内容については、すでに新聞が報じていた。捕虜たちがどのようなことを書いていたか、それである程度知ることが出来るが、もう少し詳しく、そのいくつかについて、ハワイの収容所に送られていた捕虜たちの体験談等と照らし合わせながら見ていきたい。

1

「一五通」のうち、「三通」は、文字がうすれ、すでに判読が難しい。読めるのは「一二通」ということになる。「一二通」のうちの「一通」は、後半部分だけしか残っていないが、後半部分だけとはいえ、他の手紙との関連で、無視することは出来ない。

「一二通」は、また残されている手紙の枚数であった。一通二枚になっているのもあって、そのことを考慮すると、判読できるのは、都合「一一通」ということになる。

まずその一通である。

伯母さん此の前金曜日には色々お世話になり、又沢山なる御馳走を頂戴致しまして誠に有難く感謝して居ります。見知らず他人でもあり乍ら暖かきお情けはたゞ〳〵涙が落ちるばかりであります。どうか此の時哀れな僕等をお助け下さると思ふて下さって御面倒の程頂りたいと存じます。一つお願いしたい事が存じますが私は西原村字棚原の者で御座いますが実は金武村金武字の人（親川さん）がふきんに居られる事を聞きまして伯母さんに連絡をお願いしたいと存じまして甚だお忙しい事又御面倒でも御座いますが親川さん宛に書いてある手紙をお届けして下さいませんですか□（不明個

所―以下同）甚だ失礼乍ら紙上でお願いいたします
来る金曜日にお目に掛かって下さる様にと書いておりますから？
先ずは乱文乱筆にてお礼又はお依頼まで、さよなら

西原村字棚原　二男新屋　伊波精吉拝

比嘉様

手紙は、「伯母さん」と、呼びかけるかたちで始まっていた。しかし、この「伯母さん」は「見知らず他人でもあり乍ら」とあるところから血縁関係にある方ではなかったことがわかる。

「伯母さん」は、沖縄風の、まわりにいる自分より年配の女性への呼びかけであったといっていい。親愛の情をしめす、呼びかけであったわけだが、彼女は、「沢山なる御馳走を」準備して、見も知らない捕虜たちを慰めたのである。

親戚でもない「伯母さん」をはじめハワイの沖縄県系人たちが、捕虜たちのために「沢山なる御馳走を」準備してくれたことは、体験談の多くに見られる。

その一つに次のようなのがあった。

ある日、捕虜一〇人がトラックに乗せられて収容所外の作業に向かっていると、県系人がトラックを止めました。具志川の天願（現うるま市）の人でした。安慶名シュウイチさんという人で、豚

肉料理、ウチナー料理を作り、捕虜に食べさせたいということで、トラックを止めたのです。安慶名さんは大きなホテルの支配人でした。一七時まで捕虜を任せてほしいと、白人米兵にお金を渡して交渉していました。なぜ、こんなに良くしてくれるのかと思い、私はうれしくて涙が出ました。安慶名さんも沖縄の状況を気にしていて、私たちから話を聞いていました。安慶名さんは私の五歳ほど上で、二世でした。

渡久山盛吉の「県系人、捕虜をもてなす」(『平和への道しるべ　ハワイ沖縄捕虜の体験記』二〇一七年六月一日)に記された一節である。

ハワイの「県系人」は、沖縄から送られてきた捕虜たちに、いずこでも「沢山なる御馳走を」作って差し入れていたのである。

伊波は「伯母さん」のそのような行為に「たゞ〳〵涙が落ちるばかりで」あったと書いていた。渡久山も、ハワイに移民した人々が、収容所に送り込まれてきた捕虜たちに「豚肉料理、ウチナー料理」を御馳走してくれたというその心配りに、涙する。

伊波は、収容所への差し入れについていろいろ聞いていて、ある程度予測できたかと思うが、渡久山は、仕事に行く途中のことで、差し入れなどまったく考えてなかったはずである。それだけに強く心を打たれたのである。

## 2

伊波が、「伯母さん」から御馳走を受け取ったのは「金曜日」であった。「前金曜日」「来る金曜日」というように手紙は二度同じ曜日を記していたが、それが「金曜日」になっているのには理由があった。一九四五年九月一五日付『布哇ヘラルド』は「捕虜の血縁者に対し毎週三日面会を許可　戦争俘虜情報部けふ発表」の見出しで、「毎週月、水、金の三日午前八時から十一時まで軍当局の捕虜訪問許可又は捕虜に関する情報を求むる人々に会って捕虜との関係を確かめ又訪問に関する規則を教示する」と報じていた。手紙に見られる「金曜日」は、軍当局に許可された面会日の一日であったのである。

伊波精吉は、指定日を律儀に守って「面会」していたことがわかるが、捕虜たちは、必ずしも「面会日」だけに県系人と会っていたのではない。それは、渡久山の体験談からもわかる。さらにそのことがよくわかる体験談があった。

ハワイには、移民した沖縄県人が多数暮らしていた。手続きを経て、ハワイの親類と捕虜が正式に面会することもできた。この手続きは司令部への申請となっており、手間を要した。面会が認められた場合でも、憲兵が立ち会う下であり、短い時間に限られていた。差し入れも厳しく制限されていた。

一方収容所外の作業に駆り出された際、捕虜は移民たちと接触することもできた。ほとんどの場合、米軍は見て見ぬ振りで、遮ることもなかった。そのため、あえて正規手続きを経る必要はなく、外の作業場で捕虜と県系移民がやり取りを交わすことが多くなっていた。（渡口彦信「仲間の遺骨、沖縄に帰したい」『平和への道しるべ　ハワイ沖縄捕虜の体験記』二〇一七年六月一日）

申請すれば、正式に面会することができるが、手続きが複雑であるうえに、憲兵が立ち会う。しかも、短い時間しか許されず、「差し入れも厳しく制限されていた」ことで、手続きを経ての面会は、そう歓迎できるものではなかった。

捕虜たちは、手間暇かけての不自由な面会より、柵外での接触を選んだのである。

拝啓

甚だ突然ながら一筆申し上げます

先日作業に参りました折は色々御親切に御世話下さいまして感謝にたへません

自分も収容所に帰って来ても忘れる事ができません

貴方からいろ〳〵お話を聴きまして全く自分の兄弟の話の如く感じました

紙上を以て厚くお礼申し上げます

先週の日曜日自分も叔母様と面会する事ができまして深く喜んで居ります

これも皆貴女方の御陰様だと感謝して居ります。

池根の叔母様にお会いいたしましたら呉れぐれも貴女で宜敷くお伝へ下さいませ。
叔母様へはたばこを頼んで有りますが若し出来ますならば聊かなりと、たばこをいただけませんでせうか？
我々もカネカヒからハセに移りました、此処ハセではいろ〳〵な面に不自由で困って居ります故何分申し上げにくい事ですが作業隊を通してお願い申し上げます
勝手なお願ひだけ誠に失礼の段お許し下さいませ

儀保清治拝

池原カメ子様

文面からわかるように、儀保が池原に会ったのは、「作業」に出たおりのことであった。渡口の体験談にみられたように、正規の手続きをとることなく、捕虜たちは、作業に出た際、「県系移民」たちとのやり取りを行っていたのである。

捕虜たちは、柵外で、県系人たちの世話になっただけでなく、その他いろいろなお願いをしていた。儀保は、「作業」に出たおり、池原に会って、「たばこ」の差し入れをお願いしている。そして、その受け渡しの指定を「作業隊」にしていた。収容所での「面会」が歓迎されてなかったことを、それはよく示している。

県系人たちは、捕虜たちに依頼された物品を、すぐさま準備し、届けていたことが、次の手紙か

らわかる。

池原さん

先日、突然無理なお願いをしました処早速多大なる御贈物をいただきまして清治どうお礼申し上げて良いやらわかりません

貴女の御親切な其の御志に対して厚く感謝致して居ります

此の御恩は清治沖縄に帰りましてもいや一生忘れる事ができない事でせう

多くさんのたばこ有難く拝受致しました。

自由の身であれば早速お会いしてお礼を申し上ぐべきの事でせうが、なにしろ柵の中で不自由なる現在の自分の事です。紙上を以てお礼申しあげます

自分も愈々元気で働いて居ります

どうか貴女の幸福とお元気でお暮しなされる様お祈りいたします

では御免下さいませ

儀保清治

池原カメ子様

池原は、儀保の要望を、ただちにかなえてあげていた。

捕虜と沖縄県系人とは、収容所が定めた面会日ではなく、その多くが「作業」に出たおりに接触していたように見える。捕虜たちはその時、不自由している物品の無心をしたのである。儀保は、「たばこ」を頼んでいたが、不足がちの物品だけに限らず、「手紙」を届けてくれるようにとの依頼もしていた。

比嘉、叔母様
□□小生突然で倉庫作業へ行き叔母様に会えた事唯だ喜んで居ります
其の節わ色々と御厄介になりました
皆様が小生たちの事を良くして下さる事唯だ感謝致して居ります
又小生も皆様が思って下さる万分之一にでも報ゆる覚悟です
又同封の手紙先日ホノルル依り来て居られた内間様に御渡し下さい
御主人様にも宜敷く伝え下さい
かしこ
山田拝

捕虜たちは、「作業」に出たおり、そこで面会した県系人に不足がちな物品だけでなく、血縁関係にある人々への「手紙」の受け渡しを依頼していた。

伊波は面会日の金曜日に、山田は「作業」に出た折りに面会に来た県系人に「手紙」を届けてくれるよう依頼していた。相手と連絡を取るために、捕虜たちは、あの手この手の工夫をしていたことが、次の体験談からわかる。

早速日系二世に頼んで、紙と筆記具を取り寄せ、手紙をしたため封筒を作り宛先を書き、差出人の所は私の名前だけを書いた。

封筒の余白には〈私はＰＷです。切手を貼ってポストに入れて下さい〉という〈願い書〉を貼り付け、重りをつけておいた。後は作業に出る日を待つばかりである。

作業への途上、監視兵には気付かれないようにして、ここぞと思う目ぼしい場所の路上に件《くだん》の手紙を落としておいた。さらに作業現場で一世や二世に会うと手紙をあずけたり、連絡方を依頼もしたりした。

高良吉雄の「ＰＷ（捕虜）記」（『龍潭のほとりで結んだ友情』平成三年十一月三十日）に見られるものである。

高良は、オアフに「父方の祖母と叔父・叔母」がいることを知っていて、なんとか連絡をとり面会したいと思い、その方法を考える。そして、親戚がいるところをつきとめ、手紙を書き、重りをつけ「路上」に投げ落としておいた。二か月後、祖母、叔父、叔母が面会に来て、感激のあまり泣きくれることになるが、「叔父の話によると、私が路上に落とした手紙の一つが汚れたままとどいた」とのことであったという。

高良は、祖母たちに連絡を取るのに路上に手紙を投げ落とすといった方法だけでなく、「作業現場で一世や二世に会うと手紙をあずけたり、連絡方を依頼もしたり」しているように、あらゆる手を尽くしていた。そして面会にこぎつける。

「一一通」の多くが伝えているのは、「連絡方の依頼」である。そして、依頼された者は、最大限の努力を払って、探しだしてくれたのである。

ハワイに移民した県系人の目には、同胞である沖縄の捕虜が米軍から、あれ、これと扱われているところを見て、耐えきれない気持ちだったのでしょう。県系人は食べ物を差し入れたりしてくれました。

また差し入れにはメモなども含まれており、それを通じて、県系人と捕虜は情報交換もしていました。私は県系人を通じ、オアフに渡った母方のおばさんを探し、幸いにも連絡がつきました。おばさんは重箱にごちそうを詰めて差し入れし、また、要望に応えて英和辞典も差し入れました。うれしかったです。おばさんは、それほど近い親戚でもないが、母もよく知っている人でした。母のことを話したらすぐわかってくれました。母のまたいとこくらいでした。

古堅実吉の「奴隷的な扱いの『裸船』」(『平和への道しるべ』前掲書)に記された一節である。「たばこ」から「英和辞典」まで、「面会」や「メモ」を通して、捕虜たちは手に入れていたのである。

3

一風かわったお願いをしたのもいる。

B此う申し上げたら失礼になります。けれど何卒お許し下さい。

私は在郷の時依り、余りにも子煩悩で、子供を相手取って暮す位の馬鹿者です。子供を見るのが何んだか愉快で子供好きで、黒人の子供でも五、六歳位の子を見ますと可愛いくて抱き上げたい計りです。悲しいことに我々は子供に接近するさへ許されない境遇に居る関係上、尚更、子供が恋しいのであります。作業の行き帰りに子供を見るのが何に依りの愉快であります。あの美代ちゃんが、とても、好きで、自分の三女勢津子に似て居るやうにも見えて今も美代ちゃんの面影は消えません。

私は砂島に移る先日、お別れ旁々御挨拶申し上げる覚悟で居りましたのに宜保さんが面会に行くから交代して行かせてくれと言われて行けませんでした。一つお願ひ致して美代ちゃんの御写真がありましたら頂きたいと思って居りましたが残念乍ら其のチャンスを失ってしまいました。病人組は多数故郷にかへって早き者は便りも来て居ます。まだはっきりしませんが我々も近い内にかえれるだらうと思って居ます。永い間お世話様になり御厚情に預かって有難ふ御座居ました子供の写真が欲しいというのである。

手紙の差出人は幸喜世清、宛先は比嘉和徳、亀様。「一一通」のいずれにも見られないが、幸喜は「仲田大隊五十二中隊　ＰＷ番号五三七四番」と、所属および捕虜番号を記しているばかりでなく「九月一三日」と日にちを明記していた。

幸喜の人の良さと律義さを手紙は示しているが、彼が、子供の写真を欲しがったのは、ただ子供が好きだというだけでなく、子供がいたということがあった。彼には、少なくとも三人の子供がいたのである。兵隊としての彼は、いわば老兵であったといっていいだろうし、捕虜のなかでもかなりの年配であったのではないかと思える。

林博史は「防衛隊　解説」（『沖縄県史　資料編23沖縄戦日本軍資料　沖縄戦6』二〇一二年三月二六日）のなかで「一九四四年三月兵役法施行令が改正され、十七歳と十八歳の者を兵籍に編入することができるようになり、六月に沖縄県や東京都八丈、小笠原、北海道根室支庁、台湾、南洋諸島、南方占領地などで先行実施された。この手続きによって、十七歳以上の召集が可能になった。これを受けて、十月陸軍省令第四六号によって陸軍防衛召集規則が改正され、十一月一日より十七歳以上四五歳までが防衛召集可能となった」と述べていた。ハワイに送られてきた捕虜の中には、「十七歳から四五歳」の者だけがいたのではない。「訳も分からないままに十五歳に農兵隊として徴用され」（山内政永「十五歳で農兵隊に徴兵される」『北中城村史』二〇一〇年一月三十一日）というように一五歳のものもいたし、「軍籍のない一四歳の」(『証言・沖縄一中鉄血勤皇隊の記録(下)』二〇〇五年九月一〇日　高文研)ものまでいた。

また、ハワイから捕虜たちを米本国へ送るにあたって「四五歳以上と思われる『オールド』が列からはずされた」(安里祥徳「私の沖縄戦と捕虜体験」『若き血潮ぞ空を染めける―一中学徒の戦記―』二〇一一年八月一五日)とあるように、「防衛召集可能」年齢の上限を超えたものまでいたようだが、幸喜は、「四五歳以上」ではなかったにせよ、少なくとも三名の子持ちであった。

捕虜たちは、戦場から屋嘉等の収容所へ、そしてそこからまっすぐハワイへ送られてきていただけに、家族がどうなっているか分からなかっただろうし、子供のあるものは、子供のことを思わない日はなかったであろう。彼が、子供の写真を欲しがったのは、一刻も早く、子供たちに会いたいという思いがあってのことであったに違いない。

手紙は、写真を頂きたいと書いたあと、先に帰った「病人組」からの手紙が届いていたことを記してもいた。「病人組」について兼城一は「八月にはいって沖縄人捕虜全員の血液検査とレントゲン撮影の検査があった。その結果、約八〇〇名が南西諸島の風土病といわれるフィラリア(住血糸状虫)の保虫者という理由で、各キャンプから収容所のいちばん奥のイタリアン・キャンプというところに集められた」(『証言・沖縄戦　沖縄一中鉄血勤皇隊の記録(下)』前掲書)と記し、次のように証言していた。

僕はフィラリアにかかったことはなかったので、フィラリア患者だといわれたことに不満だった。が、そのうちフィラリア患者は沖縄に真っ先に帰還させるらしいという噂が立った。この噂はフィラリア患者にさせられた人たちの不満をいっぺんに吹き飛ばし、互いに肩をたたきあって「よかったな、沖縄に帰れるぞ！」と歓声をあげた。（中略）

九月上旬、フィラリア騒ぎによってハワイから送り返された帰りの航路は、行きと同様に約二〇日間の航海だった。（中略）

（九月下旬）ある日の朝、目をさますと、船は動きを停めていた。デッキにでてみると、左手に平安座島、宮城島、伊計島が朝の光のなかに連なり、正面には沖縄本島が静かに横たわっていた。捕虜たちは夕方までデッキの上でなすこともなく、陸地を見て過ごした。

その日は沖に停泊した。捕虜の陸上輸送の手配ができていなかったらしい。暗くなって船上から見る沖縄本島は、国頭の先から島尻の端まで電灯がこうこうと輝き、全島がすっかり電化されていた。翌朝、上陸用舟艇で金武湾に上陸し、トラックで屋嘉捕虜収容所に運ばれた。

「病気組」は、九月下旬には、屋嘉捕虜収容所に舞い戻っていた。そして、安着したことを、手紙にしたため、ハワイの捕虜たちに知らせていた。

幸喜の手紙に記された「九月一三日」は、兼城の証言からして、一九四六年の九月一三日であったことがわかる。

幸喜の手紙の紹介にあたってはB面を先にしたが、A面では次のように書いていた。

A謹啓

御久し振り御便りとて上げず唯、御無音に過ごし何んと、申し訳御座居ません、定めて御家族御一統皆さん相変らず御達者でせうね

美代ちゃんも大分お肥りになったでせう

私もお陰様で砂島に移っても何んら変らず毎日作業に働いて居ります。

扨而、月日の去り行くのは早いものですね—御別れ以来七ケ月を経るのに驚いて居ります。何つも御噂は致して居りますが御機嫌を御伺ひ参らすこともかなわず、ほんとにほんとに失礼を重ねました何卒御免なさいませ。ホノルルもよい処であり日本人の多くさん集ったところと見受けます。我々の作業は大体市中なので色々皆々様の御厚情にあまえて居ります。何にも不自由は御座いません。御仁徳の高い方々依り何時も御慰問を受け、かたじけなく思って居ります。けれどあの頃カネオヘ依りお宅の側に有る兵営内に作業に通ひ居った時分の気持ちは解放された様な心地で何にも精神の苦痛とて感じませんでした。其れと言ふのも貴方様方の御慈悲ある御篤志のたまものでありました。

見も知らざる我々に御施す貴方さん方の御厚情こそ。ひがむ我々に希望と光明を与えたのであります。其の印象こそ永久に我々の忘れることの出来ない思ひ出であります。私達はそう言ふ立派な

お志を持たるるお方方の恵みに合ったことを、ほこりと思ひ光栄と存じます。事に県人やPWのために御自分の仕事を投げ捨てかけまわって、多くさんのPWに直接面会させて頂いて皆々満足致して居りました。貴女さんには、碌に御食事を取る暇さへない位にかけまわって御尽力なされしことなどとうてい普通、並み。たいていの人のやり得ることではないと思いました。其れが許された範囲内のことなら、とにかく、禁止された面会をやらせるのに、どんなに御苦心なされたかと思います。唯々感謝の意が溢れて、頭が下る位であります。我々は、筆にする以上の気持ちで胸は一杯であります。

いづれ亦御会い出来ることもあらうと、待ちわびて居ります。けれど御宅の辺に作業等に行かれず。もう近い内に帰るという噂がするので此のまま、帰っては何んだか済まない気持ちが起って。幕舎内の寝台の上にて。急いで書きました。生れ付き悪筆でほんとに、御読みなさるに御困りか知りませんがその点御免なさいませ　裏もご覧なさいませ

「裏」は、先に紹介した「B」である。

幸喜は、「美代ちゃん」の写真を送ってほしいとお願いする前に、比嘉への感謝の気持ちを縷々述べていたのである。幸喜の文面から、比嘉がどれほど捕虜たちのために尽くしたかがわかる。

4

幸喜は、「砂島」へ移って七か月もたってから比嘉への感謝の手紙を書いていたが、次の手紙は、移動を知ってすぐに書かれたものである。

短い月日ではありましたが皆様方の御蔭で愉快に作業もやる事が出来まして感謝して居ります。作業場では皆様方と思ふ存分語り合って民間になりきった気持で我々の日常のすさんだ気持を一掃して、一日の日も全く短いものに感じられます。（会ふのは別れの始まり）とやらとう〳〵皆様方と御別れしなければいけない時がまいりました。

今後我々をなぐさめて呉れる方が居なくなると思ふと戦慄がいたします。ほんとに今後の我々の生活と云ふものはたゞいばらの途です。しかし皆様の御多忙にもかゝわらず我々の為におなぐさめ下された事を我々は深く感謝し一生忘れがたい記憶に残ると思ひます。別れても何時かは会へる日もあらうかと存じます。其の日を楽しみにまって居ります。行く先は compound 3 and compound 7 にきまりました。Compound 3 は honolulu です。7は山の中だそうで皆さびしがって居ります。

皆一緒に集って帰る日を待って居ります。近い中に晴の開放になり沖縄に帰り郷土の建設に邁進したい覚悟であります。ではくれ〴〵も体を大切なすって下さい。最後に皆様の幸福を御祈り致します。

儀保清治拝

比嘉様

儀保と幸喜は、同じ収容所にいたのではないかと思う。幸喜の先に紹介した手紙のBに「私は砂島に移る先日、お別れ旁々御挨拶申し上げる覚悟で居りましたのに宜保さんが面会に行くから交代して行かせてくれと言われて行けませんでした」と書いていたからである。「宜保」は、「儀保」の誤記であったに違いないからである。

儀保の手紙は「一五通」のうち「三通」あった。誰よりも多くの手紙を残していたが、そこには「たばこ」の差し入れから手紙の手渡しの依頼まであったように、彼は、もっとも県系人と親密に接していたように見える。幸喜が、「宜保＝儀保」の申し出をことわれなかったのも、そのあたりの事情に通じていたからであろう。

ホノルルの近くには「砂島」と俗称「アカンチャー」の収容所があった。儀保、幸喜らはホノルルへの移動組に入っていたが、中には移動出来なかった捕虜たちもいた。

突撃喇叭ハ鳴々友軍ハ突撃敵行セリ米軍ノ打出ス自動小銃、迫撃砲弾ハ雨ト降リ火花破片一面□ナス倒レル軍人地方人群ナセリ手ナシ首ナシ□□ニナレシ惨死体百数千ヲ下ラズ嗚呼人生ハ無常ナリヤ我モ身ニ破片ヲ受ケ倒ル起クレバ倒ル、倒ルレバ転ブ心ハ急クモ手足自由ナラズ流レル赤キ血潮ハ海ナシ川トナリ顔面ニ映ルハ老父母の姿呼ベド答ヘズ右転左転スル時ニ、ハット目ヲサマスヤ此レハ夢ナリヤ、胸ニ安心ヲ止メルレバ早ヤ東ノ空ハ暁ノ光ニ満チ柵内ノ此処彼処姦シクナリヌ、吾モ起キテ早作業ニ掛ル朝食後移動命令下リ我々ノ同胞四百人ヨリ内二百人ハホノルルニ昼食終リ午後二時ニ此ノ柵内ヨリホノルルニ旅立チヌ吾モ移動組ニ這入□かと心痛致セシニ幸運ニモ残留トナリ再ビ我懐シノ姉様に御会ヒ出来るかと思フト喜ビニ溢レ胸ハ感慨無量トナリ夢トナリ幻トナリ吾胸ニ浮ブハ姉様ノ姿ナリ又吾等の救ノ女神ナル姉様ヲ久遠ニ健在デ有レ吾柵内ヨリ祈念合掌ス吾今姉様ニ形見ノ絵画、日本娘ノ生花道ニ精進スル様□画ヲ贈リ又此レニテ日本婦道ヲ精進ナサレヨ拙シキ画ナレド我ノ全身全霊ヲ打込ンデ書キシ物ナリヌ、御受納ノ上見学ノ栄ヲ得マスレバ幸甚の至リナリ小生の喜ビ之ニ過グルハアリマセン明日我等ガ参戦記ヲ記述致シ御送リ致シマス。鶴首ノ程願上マス

島袋全孝ヨリ

比ガ亀子様

県系人の多く住む、それだけに情報が入りやすいホノルルの町に近い収容所への移動を捕虜たちの多くは喜んだに違いないが、島袋は、違っていた。彼は、移動組から外れたことを喜んでいた。

島袋の手紙は、「一一通」のなかで、異色といえた。

まずその一点は、カタカナで書かれているということである。他の手紙と同じくかな書きではなく、カタカナ書きにしているということは、戦前の教育システムを反映したものであり、軍隊での

暮らしが長かったことを推測させるものである。それはしかし、戦後すぐに書かれた私信では決して特別であるとは言えないかもしれない。

第二点は、夢とはいえ、戦場体験について触れていたことである。戦場については「一一通」のどれ一つも触れてなかった。沖縄の戦闘がどのようなものであったか、ハワイの県系人たちは知りたかったに違いないが、その戦場描写は、あまりに講談調で、戦争を語る際のお決まりの形になっていた。

第三点は、手紙を送った相手の女性を「女神」と呼んでいることである。相手を尊敬するあまりにそう呼んだに違いないが、手紙を受け取った女性はどう思ったのだろうか。しかし「女神」と相手を呼んだのは島袋全孝（度？）だけではなかった。

島袋全常もその「書信」で「我輩捕虜之救の女神末長く久遠に健かに御活動有るを我輩柵内より伏して誓願致シマス」と言う様に書いていた。全常の手紙は二枚からなっていて、あと一枚には「姉様の日々の健闘を目前に見て吾懐しく実姉を見るの感に迫り」とあった。

「全孝」と「全常」は、おなじ島袋姓でもあり、名乗り頭を同じくしているから近しい関係にあったように見える。手紙は、お互いに相談しながら書いたのではないかと思える。

第四点は、絵画の進呈に関する件である。捕虜たちは、ハワイの県系人たちからさまざまな御馳走や物品を送られていた。しかし、県系人たちに何かを上げたということについてふれた手紙はなかった。

進呈する絵画、しかも「女神」と呼ぶほどの女性へあげる絵画ということになれば、それなりの材料が必要であったはずだが、一体どのような材料で、どのような絵を彼は描いたのだろうか。第五点は、「参戦記」を送るという件である。女性が、それを要求したのだろうか。紙面からは判断のしようがないが、いずれにせよ、島袋は女性に積極的であった。島袋が、ホノルルへの移動組に入ってないのを喜んだのは、今いるところに「女神」と呼ぶほどの女性がいたからであろう。

## 5

ハワイの県系人の動きについて書いた手紙もあった。

甚だ僭越ではありますが書面を以て感謝の意を表明致す次第であります。

過ぐる日当地に於ける、沖縄罹災民衣類救済運動に際しては皆々様の御尽力には唯感涙せざるを得なかったのです。殊に夜分も遅く迄奉仕下された諸彦の真心のこもった御同情には筆舌も尽せぬもので私達の脳裡に深く刻まれて居ります。

故郷に在って受取られる人々の喜びは如何ばかりかと御察し下さいませ。

吾々日常の生活には皆様も色々と案じて下さる様ですが、何分団体生活の事とて充分手の届かぬ点もありませうが、皆々揃って元気に過ごして居ります故万事憂慮はいりません。再三お伝へしました如く何事にも不自由を感じません。時折、発作的に異郷に住む孤独の寂しさがあるのみですが、それも種々と日課にまぎらされて忘却するのが常の様です。

こうした中にも浮世草の話に夢中になる場合も多々ありまして悲喜交々と云ふ調子も見受けます。亦日中の作業から帰りますと各自が自分の個性に委せて克く遊び、克く語り、歩調を共にする姿を見ては唯涙ぐましく感じてなりません。

此の度は九死に一生を得たと言ふべく誇りではありませんが吾等生残った同胞には、大きな使命と擔負を忘れて一日も安閑として居られませう。それは神より授けられし尊い使命と誓って郷土再建の目標に邁進する覚悟であり同胞の合言葉だと信じて下さい。

この点には年少から長上まで共鳴し最も重大なる局面打開策として吾々の急務であると痛感致して居ります。

末尾に記して誠に恐縮ですが、貴家皆々様の御健康を祈り併せて御幸福を祈りあげます。

敬具

前城

比嘉様

□□様

『布哇ヘラルド』が、「沖縄の住民が衣服に窮乏しており、若し速やかなる救済がなければ今冬は悲惨な目に遭うであろうと云ふ公式及び非公式の諸報に答へてホノルル教会連盟の理事会は県全土に亘る衣類の募集運動を主催する事になった」として、「沖縄住民救済の衣類募集運動　ホノルル教会連盟理事会主催にて　来月三日より全島で開始」の見出しで報じたのは、四五年一一月三〇日である。

「沖縄戦災民救援運動」については、比嘉太郎編著『ある二世の轍』（一九八二年六月三〇日）に詳しい。比嘉は、沖縄戦に通訳兵として参加し、多くの住民の救出にあたった後ハワイに戻り、全てを失った沖縄住民の救済のための運動に奔走する。『布哇ヘラルド』は、四五年九月一四日、「只今帰って来ました　ホノルルにて　比嘉太郎一等兵」の見出しで、彼の帰布を報じていたが、一〇月一八日には「比嘉太郎一等兵の伝ふるところに拠れば九万人の我が同胞は悲惨な最後を果げ、而して生き残った二十万の憫むべき同胞は衣食住に窮してゐるとの事である。その何れも米国の給与を受けてはゐるが、そのうち困ってゐるのは衣（着物）で、着のみ、着のままの人びとが多いとのことである。もう冬は近よった。寒さにふるえる同胞の姿が目に映るではないか」と記した文章が掲載される。筆者は比嘉静観。静観は「我等の尊むべき義務　特に在留沖縄県人へ呈す」と題し、右の文章に続け、次のように訴えていた。

同胞を窮乏　悲哀のどん底より救ひ慰め、力つけ希望づけるのは我等布哇在留同胞より外にはゐないではないか。

沖縄の難民同胞を救助し度いとの熱愛、同胞愛は各島県人の胸中に等しく燃えてゐるのである
沖縄の苦難にあえぐ同胞を救済せよの声は高い、もう贈るべき衣類は用意してゐるといふ人々さへあるのである
県人はこの際協同一致してかからねばならぬ。而して適当なる方法を以て、当局と相談し、其の許可を得ば、起って、この運動を成功に導かねばならぬ尊い義務を負ってゐる
敢て不肖を顧みず、我が各島の沖縄県人諸氏に檄す。

比嘉静観の文章が、比嘉太郎らの運動に大きな力を与えたことはまちがいないし、それが一一月三〇日の新聞記事になっていったのである。

一九四六年五月四日付『布哇タイムス』は、「待ちかねてゐたハワイよりの衣類　沖縄で非常に感謝　真栄城軍曹士座談」の見出しで、同軍曹が語ったとして「布哇よりの戦災民救済衣類は三月から配給されました。私達通訳兵はハワイよりの手紙で救済衣類が送られたのを知ってゐたのでそれを戦災民に話して聞かしたら皆待ち兼ねてゐました。いよ〳〵配給が始まると古着とばかり思ってゐたのに上等の衣類や新しい婦人衣類もあるので大変な感謝振りでした云々」の言葉を報じていた。

そして四六年六月一五日付『布哇タイムス』は「沖縄群島知事よりスティンバク県知事へ　救済衣類受取感謝状」の見出しで、感謝状が届いたといった記事を出していた。

沖縄に衣類を送ろうという運動が大きな盛り上がりをみせ、それがやがて様々な沖縄救援運動へと発展していくことになるが、前城は、郷土のためにたちあがった「沖縄罹災民衣類救済運動」に感謝を述べることから手紙をはじめていたのである。

前城は、その文面からして、捕虜たちを統括する何か役職にある人だったようにみえるが、そのことについての情報はどこにもない。前城は、ハワイの県系人たちが、捕虜たちだけでなく、故郷の人々の支援活動にも懸命であることを知り、感謝の念を深くしたに違いない。そして、自らを奮い立たせていたといっていいであろう。

6

前城には、あと一通あった。

しばらくの御交誼で有りましたが皆様の厚い御同情には感謝の念溢るゝものがあります。

一両日中に御別れ致さねばなりませんと思へば断腸の思ひがしてなりません。布哇の皆様と御別れするのが辛くてなりません。

私達も近々に郷に帰る事があっても皆様の鞭撻の言葉を忘れず励みますればとくと御察し下さい。

作業出勤間際で書くべき事も書き得ない点がありります何卒容赦下さい。

先は皆様の御健康と御幸福を祈りつゝペンを置きます　さよなら

前城

比嘉様

前城が書いた最後の手紙であろう。

捕虜の多くが同様な手紙を書いたのではないかと思われるのは、半分だけ残っている手紙から推測できる。それは「KOUKI生」から「比嘉様御家族へ」宛てた手紙だが、手紙は比嘉に直接手渡されたものではなく、他の誰かに預けられて後半部分だけ残ったように見えるものである。文面は「其れから御近隣に居らるゝ県人の方々にも何卒貴方さんにて宜しくお伝えなされんことを重ね〳〵ご依頼申し上げます。終りに臨んで貴方様方の御家族の前途に幸福あれと祈ります。では御身大事になさいませ。御話し致したいことは、山々ありますが、また暇を見まして申しあげます」といったものである。

一九四六年九月二〇日には『布哇タイムス』も『布哇ヘラルド』も、ハワイの日本人捕虜の帰国開始を報じ、一〇月一五日付『布哇タイムス』は「捕虜千七百四十名　帰国の途に就く　欣喜雀躍復員船に乗船」の見出しで、一四日に発ったことを報じていた。

前城や幸喜の手紙がいつ書かれたか分からないが、帰国の報道がなされて間もなく書かれたのではないかと思われる。

幸喜の手紙は、後半部分しか残されてないが、大変貴重なものになっていた。それは別れの言葉を記した半紙ではなく、それに付されていたと思える別紙で、そこに「比嘉和徳様亀さん御許へ」の前に、住所と郵便、電話番号が記されていたのである。

「一一通」のあて名と筆者の名前をみていくと、次のようになっている。

池原カメ子様……儀保清治（二通）
比嘉様……儀保清治
比嘉様……伊波精吉
比嘉、叔母様……山田
比嘉和徳様　亀様……幸喜世清（二枚、一通）
比嘉亀子様……島袋全考（度？）
比嘉亀子様……島袋全常（二枚、一通）
比嘉様　□□様……前城
比嘉様……前城
比嘉様御家族へ……ＫＯＵＫＩ生

『琉球新報』が「一五通」（内、判読困難三通、三枚）と報じた内実は、そのようになっていた。並べてみると、捕虜たちは、儀保清治の二通を別にすれば、比嘉亀子に宛てて書いたものであったことが分かる。

分からないのは捕虜たちが、どこの収容所にいたかということである。儀保が池原に宛てた文面には「カネカヒからハセに移りました」とあった。ハワイに送られた捕虜たちの体験談にはカネオヘからカフクの収容所へ（渡久山朝章『アロハ、沖縄人PW 17歳のハワイ捕虜行状記』一九九四年九月一五日 ひるぎ社）、カネオヘからハセ収容所へ（宮里親輝「私のメモ」『PW ハワイ捕虜』一九八一年九月二〇日）といったように「カネオヘ」はいろいろと出てくるが、「カネカヒ」というのはみあたらない。

幸喜の手紙を見ると、「あの頃カネオヘ依りお宅の側にある兵営内に作業に通い居った」とあり、「カネカヒ」は「カネオヘ」のあやまりかとも思えるが、いずれにせよ、比嘉亀子の住所がカイルアになっていることからして、収容所は、カイルアからそう遠くはなれていなかったに違いない。カイルアにあった「兵営内の作業」に通っていた捕虜たちが、比嘉亀子の世話になっていたことだけは間違いない。

## むすびに

比嘉亀子は、特別な存在であった。

捕虜たちは、比嘉亀子に頼り切っていたといっていい。比嘉に、さまざまなお願いをしているが、比嘉は、よくそれに答えていた。「実姉」（島袋）以上の存在であったといっていい。幸喜が「見も知らざる我々に御施す貴方さん方の御厚情こそ。ひがむ我々に希望と光明を与えたのであります。其の印象こそ永久に我々の忘れることの出来ない思ひ出であります。私達はそう言ふ立派なお志を持たるるお方方の恵みに合ったことを、ほこりと思ひ光栄と存じます。事に県人やＰＷのために御自分の仕事を投げ捨てかけまわって、多くさんのＰＷに直接面会させて頂いて皆々満足致して居りました。貴女さんには、碌に御食事を取る暇さへない位にかけまわって御尽力なされしことなどとうてい普通、並み。たいていの人のやり得ることではないと思いました。其れが許された範囲内のことなら、とにかく、禁止された面会をやらせるのに、どんなに御苦心なされたかと思います。唯々感謝の意が溢れて、頭が下る位であります。我々は、筆にする以上の気持ちで胸は一杯であります」と書いていたように、比嘉は、全身全霊をささげて捕虜たちのために尽くしていた。

島袋全孝が「救の女神」と呼んだのも、捕虜たちが彼女あてに残した手紙を読めば、決して過褒ではなかったということがわかるはずである。

比嘉宛に手紙を残していたグループを、比嘉の住所にちなんで、いまかりに「カイルア組」とすれば、そのような手紙を残していたのは「カイルア組」だけであったのだろうか。捕虜の体験談を見る限り、捕虜たちは、よく手紙を書いているが、例えばよく知られている「砂島組」「ホノウリウリ組」「スコーフィールド組」などはどうだっただろうか。「カイルア組」のようなかたちがあったのだろうか。

「カイルア組」は、特別であったように見える。それは他でもなく「比嘉亀子」という女性が存在していたということにある。彼女がいなければ、もちろんそのような手紙などなかったといっていいだろう。

手紙は、比嘉を介して、またハワイの沖縄県系人たちのすばらしさをも照らし出してくれるものとなっていた。

比嘉亀子宛ての手紙が、どうして金城正夫のところに保管されていたのか、という疑問は残るが、金城が保管していたことで、そしてそれらを公開してくれたことで、捕虜たちに「希望と光明を与えた」「救の女神」といっていい存在がいたことも明らかになった。「ハワイ捕虜の手紙発見」は、その意味でも、まさに大きな発見であったのである。

# Ⅳ　劇作の章

# 歌劇「中城情話」をめぐって

1

歌劇といえば、「泊阿嘉」（明治三九年初演）、「薬師堂」（明治四〇年）、「奥山の牡丹」（大正三年初演）、「伊江島ハンドー小」（大正一三年初演）といった作品の、いずれかを挙げる人が多いのではないかと思うが、それは、なんら不思議なことではない。他に数多くの歌劇があるにせよ、これら四作ほどによく知られ、これまで繰り返し演じ続けられてきた歌劇はないと思われるからである。

四作は、明治から大正にかけて作られたものであった。それゆえ、歌劇は明治、大正期の産物であったかのように思われがちだが、決してそうではない。昭和になって創作されたもので、四作ほどではないにしても、よく知られた作品があった。その一つが「中城情話」である。

「中城情話」がよく知られた作品であることは、演劇集団「創造」第40回記念公演（二〇一八年一二月）となった「タンメーたちの春」が示していよう。そこに芝居の稽古で「中城情話」のウサ小役を演じる女性が登場し、いつのまにかタンメーたちの一人と恋仲になり、旅立っていくといった場面が挿入されているのである。しかも芝居を締めくくるかたちをとって、である。それは観客の誰もが歌劇「中城情話」を知っているに違いないという前提がなければ、出てくることはない場面であろう。

「中城情話」は、親泊興照の作になるものである。「親泊興照芸歴」（『親泊興照生誕百年記念芸能祭』平成八年一二月）によると、昭和八年の項に「珊瑚座は辻石門の新天地劇場に移り、旗揚げ公演に親泊興照作の歌劇『中城情話』と、歌劇『豊年』が上演された」とある。

『親泊興照生誕百年記念芸能祭』のパンフレットには、「芸歴」とともに多くの「祝辞」が収録されている。その中の一つに「演劇、舞踊の大家であった親泊興照師の作品の中で、ひときわ光彩を放っているのはなんといっても時代歌劇『中城情話』があげられよう。一九三四年（昭和九年）に『珊瑚座』で初演されて以来、戦後も多くの名優によって演じられてきており、今もなお舞台にのせられ、好評を博しております。この作品ひとつみただけでも、師の芸に対する情熱と偉大さをみる思いがします」（豊平良一）というのがある。「祝辞」に見られるように、「中城情話」は、初演以来、現在まで「舞台にのせられ、好評を博して」いるのであるが、その初演に関して「親泊興照芸歴」と「祝辞」との間には違いが見られた。

大野道雄の『沖縄芝居とその周辺』によると「昭和九年（一九三四）ころ初演された」とある。大野は「昭和九年」が初演だと明言しているわけではないが、友寄英彦の「昭和初期の沖縄芝居劇団・珊瑚座盛衰の裏ばなし」（『琉球新報』一九六五年六月十三日）を見ると、次のようになっている。

それから間もなく第一回公演が発表されたのであるが珊瑚座□生フタあけ公演第一回芸題は確か親泊興照の快心作品「中城情話」でこの制作歌劇は、当時大好評であったが、現在でも各劇団で好評を受けつつ上演されている。

こうして一九三四年三月に一年ぶりに大望の那覇ヒノキ舞台での公演の念願がかなえられた。(□は判読困難箇所)

友寄も、「確か」といった言い方をしているのだが、眞境名由康の発案になる「珊瑚座」が結成されたのは、一九三四年三月で、同時にその「フタあけ公演」が行われていたことからして、親泊興照の「中城情話」の初演は、「芸歴」ではなく「祝辞」の方に分がありそうである。

「中城情話」の初演が一九三三年か三四年かについては、記憶違いによる問題であり、正そうとすれば、すぐにでも正せるはずだが、同じ記憶の問題でも、もう少し複雑なものがある。

「新天地」は一名「那覇劇場」ともいう。西武門から港へ向かって坂下の右側にあり、新町の埋立地に近く、私たちが追い出された旭劇場とは目と鼻の先であった。私たちは、一年がかりの夢がかなえられたうれしさで、すぐに荷物をまとめて新天地に移った。メンバーは眞境名由康、鉢嶺喜次、親泊興照、比嘉正義、宮城能造氏ら、えり抜きの役者たちで、それに私を含めた陣容で再出発した。

こうして、一年ぶりに那覇での常設劇場をもつことができた私たちは、つぎつぎと新しいプログラムを組み、客入りも日を追ってよくなっていった。今でも印象に残っているのは、山里永吉氏作の「鮫丸物語」で、これは鮫丸という者が首里の王にムホンをたくらむが、遂に豪快な首里のさむらいにやり込められて恭順するといった歴史ものである。そのほか「蔡温と平敷屋」「夏雨うみないび（王女）節」や歌劇「夫婦岩御姫御嶽（眞境名由康氏作）なども好評であった。私が作った「草枕」とか「くちなし（口無）の花」「救われた女神」などの歌劇をだしたのも、そのころである。

島袋光裕の『石扇回想録』に見られる一節である。「昭和九年」の「珊瑚座」の動きと、その後の一座の「プログラム」について触れている箇所だが、そこには、「中城情話」に関する記述がまったくない。

先にみた「祝辞」を含め、友寄が当時を回顧した文のなかで「この制作歌劇は、当時大好評であった」ということからすると、島袋が、そのことを忘れていたというのは信じがたいことである。そこには、役者たちのいうにいわれぬ関係があるようにもみえるが、そのことはともかく、島袋にとって「中城情話」は、それほど心を打つようなものではなかったということであろう。

## 2

親泊興照作の歌劇には、「芸歴」に見られるように「報い」（昭和七年）、「豊年」（昭和八年）、「女人禁制」（昭和一二年）などがあるが、代表作ということでは「中城情話」の右に出るものはないであろう。それは、「芸歴」に収録された「祝辞」からでもわかる。「祝辞」には、他の歌劇に比べ圧倒的に「中城情話」に関する記述が多いのである。

「中城情話」のあらすじは次の通りである。

首里の侍が花畑の景色に見とれている姿をみて、娘たちは、その美しさに驚きさわぐ。娘たちがそれぞれ自宅にさそうなか、首里の侍は、村一番の美人ウサ小にみとれている。娘たちが去り、ウサ小も去ろうとするのへ、侍は、待ってほしいと声をかける。侍が、心のうちをあかす。ウサ小は、身分が違うのでとことわると、侍は、縁があって会ったのであり、私の真心を知ってほしいという。

ウサ小と侍が仲良くなったのを知って、村の娘たちは、そのことを「阿兄」に言いつけるという。ウサ小と会っている侍に、阿兄小は六尺棒で打ち込んでいく。侍は、阿兄小を取り押さえ、打ち込んできたわけを聞く。ウサ小と阿兄小が許嫁の間だと知った侍は、二人の間を祝福し、身を引くが、どうすればウサ小のことを忘れることができるのかとなげく。

同じくウサ小のことを思い患い寝込んでいる阿兄小のところへ、ウサ小がやってきて、二人は縁がなかったものとして思いあきらめてほしいという。自分の心は、もはやもとにもどることはないし、首里の侍とこの世で一緒になれないならあの世で一緒になるだけだという。許婚の私を捨てていくのかという阿兄小を後ろに、ウサ小は、侍の待っている浜に急ぐ。

侍は、ウサ小を迎え、毎夜、この浜で泣いて暮らしていたといい、ともに船にのって出ようとするところへ阿兄小が駆けつけてくる。お前は私を振り捨てて、行くのかというのへ、ウサ小は、許して欲しいという。侍もまた許して欲しいといい、去っていく。

「中城情話」は、三幕からなり、第一幕はウサ小と首里の侍との出会い、第二幕はウサ小と許婚の阿兄小との袂別、第三幕は首里の侍とウサ小との出立、といったかたちで構成されていた。一言でいうと、許婚を振り捨てて、まれびとのもとへ走った女性の物語、ということになるが、そこに「一途な情愛」と「人間の純粋な魂の謳歌」を見たのに船越義彰がいる。

船越は「親泊興照の至芸」のなかで、その芸風の華麗さのなかにある「鋭いもの、妥協を許さない激しいもの」について「執心鐘入」の女役を例にとって述べたあと、「歌劇『中城情話』にも一途な情愛、世間態とか道徳ではどうにもならない業としての『恋情』が描かれている。現在、不倫という言葉で言い表しているが、封建時代のそれは死罪にもなりかねない大罪である。このような人間が作った戒律や倫理と、人間の本能との相克を親泊師は本能の立場から表現しようとした。それは人間の純粋な魂の謳歌に他ならなかった。中城情話の幕切れで『白木恋船に二人うち乗やりちゃならわん風の押すがまま』の歌が、親泊師の厳しいまでも明徹した『情愛観』を物語っている」と述べていた。

船越は、そのように「中城情話」が表現しようとしたものについて指摘していたが、それを別面から、次のように書いたのがいる。

「泊阿嘉」にしろ「奥山の牡丹」にしろ、これまでの歌劇の恋愛は、封建社会の桎梏にはばまれて実る事はありませんでした。純粋な愛がかなわないところに悲劇が生まれ、身につまされた女性観客の同情と涙がそそがれたのです。ところが、この「中城情話」は違います。里之子とウサ小の身分を越えた恋は一応実るのです。悲劇は二人の恋の行方にではなく、捨てられたアフィ小、許嫁の身の上に起きるのです。ウサ小と里之子は恋を成就させますが、それは親が認め、本人たちも認め、村の仲間も認めていた許婚アフィ小の犠牲の上に築かれるのです。ウサ小とアフィ小の関係は、封建時代の村落共同体のなかでつくられたものです。そこへ偶然あらわれた首里の里之子の姿は、共同体の生活しか知らなかった田舎娘のウサ小の心に風穴を明けました。共同体の世界から抜け出す夢を与えたのです。そうしたウサ小にとって、アフィ小は共同体の生活そのものであり、それだからこそアフィ小への言葉がきつすぎると思えるほどきっぱりしたのではなかったでしょうか。本人にはなんの悪いこともない。一途にウサ小を愛する心やさしいアフィ小をきっぱりと捨て去る、無情とも云えるウサ小の姿に、当時の女性客が何故拍手を送ったのでしょうか。明治以前から引き続く共同体の桎梏から自由でありたい、恋愛の自由がほしいという女性の夢が、ウサ小に託されたのだと思えるのです。ウサ小をめぐる社会状況とその潜在的とも云える願いが、作品のなかに十分説得的に展開されているとは思いませんが、アフィ小には気の毒であっても、身分差を飛び越え、しがらみを飛び越えるウサ小の姿は当時の女性たちの願望を示したものだったのではないでしょうか。

大野道雄の「中城情話」評である。「中城情話」が、好評を博した理由は、ここに尽くされているといっていいだろう。観客、とりわけ女性の観客は、そこで繰り広げられるウサ小の行動に、こころをときめかしたに違いない。歌劇とはいえ、「恋愛の自由がほしいという女性の夢」が実を結んでいくのを目の前にして、心がはずんでいったといっていい。ウサ小と里之子との恋の成就に拍手喝采したのは、その時代とも無関係ではなかったであろう。満州事変によって始まった戦時下の生活で、自由な恋愛どころか、いろいろな統制が身近におよび息苦しくなりはじめていたといっていいからである。

## 3

「中城情話」の好評は、大野が指摘している通り、女が自分の思いを貫いていく姿にあったといっていいだろう。親泊が、そのような一途な思いで、許婚を捨て、身分の違う男のもとに走った女の劇を思いついたことについては、いろいろ考えられるが、その一つには、組踊、とりわけ「執心鐘入」の宿の女を演じていたことがあげられるであろう。

船越義彰は「親泊興照師の至芸」の中で、親泊が演じた「執心鐘入」に触れ「若松の後を追いかけて、末吉の寺に入った宿の女は、若松を捜しているうちに狂乱状態になり、女の心が『散山節』に乗る」といい、「散山節」の歌詞「此世をて里や　御縁ないぬさらめ　一人こがれとて　死ぬが心気」を引いたあと「宿の女は舞台の中央で尻もちをついた形になる。顔は花笠で隠している。花笠が次第に下がり顔が現れる。思わず私は息を呑んだ。現れた顔は親泊興照ではなく幽鬼になった女であった。衝撃が私を襲った。生まれて初めての経験であった。衝撃は感動に変わった。これも初めての経験であった。私は親泊師の至芸に接したのだ」と書いていた。

親泊の芸に関しては、その他にも多くの賛辞があるが、船越の「衝撃」について書いた箇所を引いたのは、他でもない。「執心鐘入」の宿の女が親泊の「至芸」になったのは、親泊が宿の女の悲しみを全身全霊こめて演じたからに違いないということがわかるからである。親泊は、悲しみの果てに「幽鬼になった女」になりきることで、そうではない、別の形の女の姿を思い描いたのではないかと思われるのである。思いを成就することのできなかった女に代わって、思いを貫くことのできる女の姿を思い描いたのではないかと思われるのである。

伝統的な作品を演じていくことを通して、そこで思い浮かんだことを、別のものにしていったのではないか。それが一つである。

二つには、歌劇の名作とされる「泊阿嘉」との関係である。「泊阿嘉」のあらすじは次のとおりである。

阿嘉の嫡子樽金は、浜降りの日、女たちが遊ぶ浜で、伊佐殿内の娘鶴を見染め、九九夜通いつめる。鶴の乳母は、不審に思って樽金にあい、事情を知り、託された樽金の手紙を鶴にわたす。鶴は、その手紙を別の書付に変え、火中に投じて見せはするものの、樽金にこころを引かれ、ひそかに会うようになる。二人の恋は、両家の父親に入れられず、阿嘉の父は、樽金を伊平屋島での勤めに出し、二人を引き離してしまう。鶴は、恋の病にふし、遺言を乳母に託し、死ぬ。伊平屋での勤めをおえ、那覇の港から戻る途中墓参に行く乳母と会い、鶴の死を知る。樽金は、鶴の墓前で、乳母から渡された鶴の遺言状を読み、悶死する。

矢野輝雄の「あら筋」を参照したものである。あらすじからわかるとおり、二つの作品はまったく別ものであるが、「中城情話」には「泊阿嘉」から引いたと思われる詞章が見られた。

「泊阿嘉」は、次のように始まる。

思鶴　今日や名に立ちゆる三月の三日　上下も遊ぶ世の中の習慣　乳母連りてィ　赤津浦行ぢ　螺拾て遊ば　いえなあ乳母りちゃ早くな

乳母　とうたり思子急じみしょうれ　親加那志からの御暇も拝まびたい　今日ど遊ばりる　晴れ晴れ遊で来ゃべらや　いえたり　思子あさきぬ人　うみかきてんでは　まこと名にたちゅる節名の　しるしやいびんや

思鶴　あんやさ阿母三月や心も晴ればれ賑やかや、ちゅうどあしばりる　はりばりあしでむどらや

阿嘉下手から出場

阿嘉　天からが下りて来やら　地の底から湧出ぢたら　真今どきの神やあらんかや　崎樋川の拝み中半から暇し　あの無蔵がゆくえ　尋にやい見ぶさ

三月三日、乳母と連れ立って浜降りした思鶴を、阿嘉が見初める場面である。

「中城情話」は、「でちゃよ押し連れて　春の野に出でてョー　互に花摘まい　遊で戻ら」と「女

童」たちが野山で語り遊んでいるところから始まり、「首里の里之子」が登場、「景色に見とれている」姿に気付いた「女童」たちが「いとも不思議そうに」語り合う場面になるが、そこは次のようになっている。

女童全員　あきさみヨさみヨ　何があれや　何がやヨー
ナバ小　何がハブどやるい、カクジェー平さみ巻ど居ちょみ
全員　あねーあらんさ　彼人見ちょみ
ナバ小　誰の人見ちょみ
全員　彼の人てーやー
（友人が指さすところを見て　見知らぬ里之子が立っているのに気づき　驚きの表情）
全員　あきさみよ　あんし美らさみせる人ん又いめみょー
ナバ小　天からが参来ら　地の底からが湧ち出でたがや
　あんし美らさる　御神の如うさ

「泊阿嘉」では浜辺で、男性が女性を、「中城情話」では野山で、女性が男性をみて歌っているといった違いがあるが、ここには、明らかに「中城情話」が「泊阿嘉」を踏まえているかたちが見られた。「中城情話」を見た観客には、そのことがすぐにわかったに違いないだろうし、それは、観客をひきつ

けていくための、親泊の戦略であったかと思える。

親泊が、「中城情話」を制作するにあたって、「泊阿嘉」を意識しなかったはずはない。それは言葉を借りてきたことからでもわかる。しかし、言葉は借りるにしても、同じようなものにはならない展開を考えたのは、「泊阿嘉」が、「浜辺」の場から始まっていたのを、「中城情話」では「野山」の場から初めていたところにまず表れている。そして劇全体でいえば、「中城情話」は、「泊阿嘉」の悲劇を裏返したようにもみえる形にしていたのである。

「泊阿嘉」は、相思相愛の間を裂かれ、許嫁のもとにいくことを急き立てられた女が悶死し、そのことを知った男も女の後を追って死んでしまうというものであったが、「中城情話」は、許嫁を振り捨てて、好きな男との愛を成就するといったものになっていた。それは、「泊阿嘉」を下敷きにして、「泊阿嘉」を塗り替えてしまったといっていいものであった。「泊阿嘉」で涙したものたちを、「中城情話」は、歓喜させたといっていいし、新しい息吹をもたらすものにしていたのである。

親泊は「執心鐘入」の女だけでなく、「泊阿嘉」の女をも演じていた。親泊が、「執心鐘入」や「泊阿嘉」で、そのままならぬ恋を演じて観客を魅了しながら、それらとは逆になる物語を仕組むことができたのは、それだけ演じた女性たちの悲しみが身に沁みたからであろう。どうしようもない思いに縛られて身もだえする女たちではなく、自分の思いを貫こうとする女性を、と親泊は、考えたに違いないのである。

## 4

優れた舞台役者が、すぐれた歌劇や舞踊を創作したのは、親泊興照だけではない。他にも何名かの役者兼作者がいるが、そのなかで親泊が特別に見えるのは、目の前にある優れた作品を踏まえながら、うまくそれを別のものに変えていったところにあった。

親泊が、そのように目の前にあった作品とは異なる作品を作り上げることができたのは、演劇界に新しい波が押し寄せていたこととも無縁ではないであろう。

昭和初期の演劇界は「不振の状態」がつづき、そこから脱出するために、役者たちは、東京から帰ってきたばかりの山里永吉に脚本を依頼した。そして「首里城明渡し」を得て、大当たりをとったのが、昭和五年。その後、劇場の問題、役者の離合集散、地方巡業、南洋サイパン、テニアン島などでの興行を経て、親泊は「珊瑚座」の一員としてその旗揚げに参加し、「中城情話」を創作する。

演劇界の動向が激しく移り変わっていくなかで、「珊瑚座」は、周囲の協力を得て旗揚げ公演にいたるのであるが、「中城情話」のような歌劇が出てきたのは、「珊瑚座」の周囲に、新しい時代の息吹をもたらす取り巻きたちが存在していたことと無関係ではなかろう。

一九三四年三月に一年ぶりに大望の那覇ヒノキ舞台での公演の念願がかなえられた。

その珊瑚座が新天地劇場で旗あげできる機運に誘致したのは微力ながらわたしであった。わたしとしては珊瑚座を将来向上、発展させて行くことには重大責任を深く感じていた。

いよいよ公演することになってからはわたしは晴雨にかかわらず毎晩楽屋に通い、一日も欠かしたことはないくらいに芝居に通ったので、当時よく珊瑚座ヒーキのアンマー連中から「珊瑚座の友寄さん」と呼ばれたりして、苦笑させられたこともあったくらい珊瑚座に心を打ち込んでいたものである。（中略）

その頃珊瑚座の楽屋に出入りする演劇愛好者の楽屋すずめ連中で記憶に残っている方には仲井間宗一、千原成梧、池宮□輝、我部盛敏、上間朝久、宮城無々、島清、上原□理、座喜味盛良氏らのほか故人となられた、又吉□和、山城正忠、玉城尚秀、玉城玄徳、屋部□氏らがおもで紙面のつごうで多くの名前は書けないが毎晩十数人の出入りでにぎやかなものであった。

さらに婦人側としては女医の千原繁子さん、当時女流作家として有名な新垣美登子さんらのグループは楽屋入りはしないが終演後になって辻遊郭に幾多の俳優たちを招いて、よく劇評したりいろいろ雑談に時を過ごし深夜まで演劇向上の話題に花を咲かしたものであるが、ときたま格別参加を許されて私や座間味盛良君（当時琉球新報記者）もよく遊び新聞に劇評やゴシップなど書いたものである。

友寄英彦が「昭和初期の沖縄芝居　劇団・珊瑚座盛衰の裏ばなし(2)」で書いている一挿話である。友寄の右の文章は、一九三四年三月以後のことを書いたものである。「珊瑚座」の「楽屋すずめ連中」の話は、「中城情話」の成立後のことであるが、彼らが芝居小屋に出入りするようになったのは、必ずしも「珊瑚座」以後ではなかったはずで、彼らの言動に、役者たちは、無関心ではいられなかったはずである。役者たちは、彼らから時代の動向を教えてもらっただけでなく、彼らの新知識を、芝居にどう生かすべきかを含め、多くのことを学んでいったに違いない。

そのなかでとりわけ注目されるのが、千原繁子や新垣美登子の存在である。彼女たちは、東京で学んだ、いわゆる新知識人であった。小説を書き始めていた新垣は、伊波普猷をめぐる五人の女として知られた一人で、大正期のモダンガールといっていい存在で、自由恋愛を夢見て育った女性であった。

「珊瑚座」の役者たちは「珊瑚座」を立ち上げる以前から、そのような新知識人たちに囲まれていたように見えるし、そこでこれまでのとは異なる歌劇をということになれば、いやでも、自由な恋愛といった、女が自分の愛を貫き通すものを考えないわけにはいかなかったのではなかろうか。「中城情話」は、それによく答えたものになっていたのである。

親泊の「中城情話」は、そのように役者としての経験や、新知識人たちの応援とあいまって生まれてきたといっていいが、あと一つ見落とせないのがある。「中城情話」の前年公開された「愛の雨傘」との関係である。

「愛の雨傘」は「将来を誓い合った主人公の庄吉と染子が、運命の糸に操られ別々の人生を歩むが、奇遇をくり返し、最後には庄吉の息子の正雄と染子の娘の初枝が結婚し、親の果たせぬ恋を成就する」（宜保栄次郎『沖縄大百科事典』）ものであるといい、「明治、大正の演劇にたいし、昭和に入ると本土商人、出稼ぎ人、留学生たちによって和風のハイカラ思想が持ち込まれ、沖縄の演劇界に大きな影響を与えた。その代表的な作品」の一つが「愛の雨傘」であると宜保栄次郎は述べている。

恋の成就という一点をとれば、先行歌劇があったのである。そしてそれは、親泊の属した劇団とはことなる劇団で演じられたということでは、「愛の雨傘」に対抗できる作品を、といった意識があってておかしくない。

「中城情話」は「愛の雨傘」に対抗するかたちで出てきていた。「和風のハイカラ思想」の影響を受け、恋の成就という展開になる舞台という点では、明らかに「愛の雨傘」に後れをとったといえるが、「中城情話」は、誰でも知っている詞章や琉歌を借り、歌劇でなじみの悲劇を生みだした関係を取り入れて、伝統を踏む形にして制作されていた。それは大きく「愛の雨傘」と異なるものであり、観客になじみのある装置を随所に配することで、後追いとはいえないものにし、反響を呼んだのである。

## 5

矢野輝雄は、「珊瑚座誕生」(『改訂増補　沖縄芸能史話』)のなかで次のように書いていた。

昭和八年当時映画館になっていた新天地(もと那覇劇場)で、珊瑚座の新発足となった。新しい陣容は眞境名由康、島袋光裕、親泊興照、宮城能造のほか鉢嶺喜次(一八九〇—一九七一)、比嘉正義(一八九三—一九七六)が加わり、この六人が中心になり、後に平安山英太郎(一九〇五—

一九七五）も参加し、時に多嘉良朝成、平良良勝も参加するなどきわめて充実した一座となった。

珊瑚座で生まれた有名な作品としては、眞境名由康が玉城朝勲の組踊「女物狂」から脚色した「人盗人」あるいは親泊興照作の歌劇「中城情話」「報い」「豊年」、山里永吉原作の「夏雨王女節」、平良良勝作の「女よ強くあれ」、松村竹三郎原作の「武士松茂良」など枚挙にいとまがない。

「中城情話」は、首里の若い武士と彼に恋人を奪われる里の男の悲恋歌劇で、首里の武士と里の男役はいずれも親泊興照の当り役となり、また宮城能造は里の女で、にわかに注目を浴びることになった。通俗的なストーリーでありながら、文芸歌劇とでもいうべき詩情をもつ作品である。


矢野の論述には大切な点が二つ見られた。一つは、「珊瑚座」の発足に関することである。そのことについては、先に触れたように、友寄その他「祝辞」等に見られた昭和九年説に分があるとしたのだが、矢野は「芸歴」に見られる「昭和八年」をとっていた。再考の余地がありそうである。あと一つは、もっと大切な点で、矢野が「中城情話」を「悲恋歌劇」として見たという点である。そのことが「通俗的なストーリー」という見解を導き出す結果になったといえるが、「中城情話」は、矢野がいうように「悲恋歌劇」として受け取っていいのだろうか、ということである。

大野道雄は、「悲劇は二人の恋の行方にではなく、捨てられたアフィ小、許婚の身の上に起きるのです」と指摘していた。矢野と大野の見解の違いは、他でもなく、アヒィ小とウサ小との関係に焦点をあてるか、首里の里之子とウサ小との関係に焦点をあてるのかといった違いにあるが、「中城情話」は、後者の関係で見ることで、単なる「通俗的なストーリー」といってすますことのできないものとなる。

矢野のいう「通俗的なストーリー」という見方は、次のような指摘を思い起こさせるものがあった。

この歌劇こそは実に演劇の向上を阻害し堕落に導いたくせものである。叡智と良心を持ち合せない彼らは無知のアフィ小（青年）アン小（田舎娘）達の好みに迎合し、悪どい恋愛ものを次々に自作自演して、演劇水準を下落させただけでなく、社会風教をも害するに至った。私は必ずしも歌劇そのものを排斥する者ではない。もしこれがインテリの作家の手になったものならば、芸術的香気もあるし、観ても楽しめるであろうが、彼らの空疎な頭から捻り出た作品ばかり見せつけられたのでは、どうにも我慢ができないのである。

面白いことには、同じ歌劇でも明治時代の渡嘉敷守儀（略）屋部らの作った茶売娘、主ン妻取メーリのようなものは低調ながらも嫌味がなくて楽しめたのはどういうわけだろうか。思うに昔の作者は必ずしも俗受けするのを念頭におかず、素直な気持で表現したためではないだろうか。

真栄田勝朗の「戯曲と演劇」（『琉球芝居物語』）のなかの一節である。「戯曲と演劇」が、いつ頃の「歌劇」について書いたものであるかはっきりしないが、大正五年一一月二八日付『琉球新報』に掲載された「鉛筆の屑」に次のような記事が見られる。

本県の芝居なるものが下劣で良家の子女に一寸でも見せられない程堕落して居ることは今更書き立てるまでもなく明らかな事実であるが、近頃は堕落の程度が益々ひどくなって各座共新聞の筆誅によって警察から科料処分を受けて居る。それと云ふのも梨園界を革新すべき力量のある興行主や役者が出ないからであって此の調子なら芝居は益々堕落する一方で甚だ寒心に堪えない。根本となる可き芝居の筋や（科）白なども作者と云ふ者の居ない本県では役者自らがなる可く下級な婦女子に受けるやうにと慥へて行くのだから堪ったものではない。今の芝居を詳細に観察すれば徹頭徹尾下品と淫乱と不自然である。然し又彼等を指導すべき任にある人々も只彼等を筆誅するのみで毫も社会の為に本県劇の革新発達の為に進むべき路教へやうとする者がない。最も寒心に堪えない。

記事は「芝居」とあり、「歌劇」と特定しているわけではないが、ほぼ真栄田の文と同内容のもので、真栄田が書いたものではないかと思われるものである。いずれにせよ、大正五年頃になると、沖縄の「芝居」は、見るに堪えないものとして批判されるようになっていたし、「歌劇」についてはさらに厳しかったことがわかる。

大正六年になると、「歌劇は愈々廃止」（大正六年四月一一日付『琉球新報』）といった記事が出た翌日の四月一二日には「歌劇全廃に就き　是からそろそろ本県演劇も向上せん」として次のような記事が出ている。

昨紙報道の通り愈々歌劇は全廃される事となった。本県の歌劇が社会の風紀に非常な悪い感化を与えつゝあるのは心ある人々の夙に認むる所であった。帽子職工が仕事しながら其の折々の芝居で演つてる歌劇の文句を唱ふのは好いとしても甚だしきは小学校の子供でさえ其の口真似をしたりして歌劇の悪影響は甚だ恐る可きものであった。それは芝居が何時も下級社会のみを相手にして少しも演劇の向上や発達を思わなかった為で、従って組踊でも琉球固有の舞踊でも役者として当然立派に出来ねばならない筈のものは漸次下手になってしまった、只女郎とか帽子職工相手の淫乱なものばかりを得意に□□□になり恐ろしく堕落して来たのである。社会は日々進歩して止まないのに只演劇ばかりが反対に堕落して行くのも今の役者に毫も研究心向上心が無いからである。然しそれは役者ばかりの罪では勿論ない。淫乱な歌劇や猥褻な狂言を好む下級の見物が芝居のお得意であるからである。然るに今度中座と潮会が思い切って此の悪劇の全廃をするやうになり、俳優組合まで組織するやうになったのは本県演劇界の為め大に慶すべき事で、是からそろ〳〵芝居も高尚になって行くに違い無いと思う。

大正五年、すでに批判の声がたかまっていた「歌劇」は、翌大正六年には「全廃」の宣言を見るまでになる。

真栄田は「私は必ずしも歌劇そのものを排斥する者ではない」として、「インテリの作家」の登場を期待していたが、「全廃」ということで、一時その命脈を絶たれたのである。

大野道雄によれば、全廃を宣言した「歌劇」は、大正八年の「辻大火のどさくさに紛れて」復活したという。それは、「歌劇」が、それだけ観客になじんでいたということを示していた。そして、大正一三年には眞境名由康の名作「伊江島ハンドー小」が出てきたことで、再び「歌劇」に火がついたように見えるが、「歌劇」全般についていえば、「叡智と良心を持ち合せない彼らは無知のアフィ小（青年）アン小（田舎娘）達の好みに迎合し、悪どい恋愛ものを次々に次作自演して、演劇水準を下落させただけでなく、社会風教をも害するに至った」といった大正期の評価を覆せるほどまでには至らなかったように見える。

昭和に入ってもまだ多くの歌劇は「アフィ小（青年）アン小（田舎娘）達の好みに迎合」するような形で作られていて「通俗的なストーリー」から抜け出すことは出来なかったように見えるが、「愛の雨傘」そして「中城情話」の登場によって、少なくとも、観客に「迎合」するだけのものではない歌劇が出てきたのである。

「愛の雨傘」「中城情話」とたて続けに出てきた恋の成就を前面に押し出した歌劇、とりわけ「中城情話」の一途な恋の成就をうたい上げた歌劇の登場は、よく知られた明治、大正期の歌劇の「悲劇」の幕切れを塗り替え、観客に新たな世界を展開してみせたことで、歌劇の中興の祖として位置づけることが出来るかもしれない。

# 「ひめゆり」の読まれ方

## ――映画「ひめゆりの塔」四本をめぐって

一九九五年六月号『シナリオ』第五十一巻第六号は、「『ひめゆりの塔』脚本家インタビュー」として、「いま、なぜ『ひめゆりの塔』か」の見出しで、加藤伸代の談話を掲載している。加藤は、そこで〝ひめゆり〟を脚色するにあたって、「どういう取り組み方」をしたのかを問われ、「前の作品には、まったくとらわれないでいこうと」思ったと答えていた。

「前の作品」というのは他でもなく加藤が脚本化した「ひめゆり」以前に上映された「ひめゆり」作品を指している。加藤の言は、「〝ひめゆり〟は、今まで三回映画化されてるわけですが、最初の今井（正）監督のは、昭和二十八年ですから、この時はまだ沖縄で何があったのか、一般の国民は、あまり知らない時期だったと思うんですね、沖縄が玉砕してアメリカに占領されたというふうにしか。それから、戦争というものについては、戦後間もなくですから、皆さんがその体験者だった時期ですよね。／そして、二回目の今井監督の作品（昭和五十七年）というのはシナリオは前と同じく水木（洋子）先生の本ですけど、二十八年の時のままなんです、ほとんど手が入れられてない。／で、今度、もう一度やるというお話で、私は自分自身、ぜんぜん知らない世代ですから」に続いて発された決意の一言であった。

加藤は、「ひめゆり」がこれまで「三回」映画化されているという。そして、同一の脚本に基づく同一の監督の手になる一九五三年の作品と八二年の作品二作についてだけふれ、あとの一作については何故か触れていない。

加藤が触れてないあと一作は、一九六八年九月二十一日に封切られた「あゝひめゆりの塔」である[1]。八木保太郎、若井基成、石森史郎脚本、舛田俊雄監督になる第二作目の「ひめゆり」は、米軍の上陸という「悲惨な運命の中におかれてもなお失われなかった彼や彼女たちの青春をうたい上げようとしているが、できばえはいいとはいえない。ドラマ自体が幼稚である上に、それを演じる俳優たちの演技もまたおさない」[2]と評されたものである。加藤が第二回目の作品である「ひめゆり」について触れてないのは、評に見られるように、作品の出来栄えがそれほどのものではないと見たことによっているのかもしれない。

舛田の作品は、今井の第一作からすれば、全く無視されたに等しいといっていいほどであった。今井の第一作は、「期待に背かぬ力作が出来上がった。戦後公開されたイタリア映画の迫力よりも勝れ、しかもその底に今井正演出は全編にわたって詩情をみなぎらせている。二時間を越える長さをいささかもタルミなく引っぱっていく。日本映画も黒沢明やこの今井正などによって、たしかに世界的レベルに達していることを見る人々は改めて確認するであろう」[3]と絶賛されたばかりでなく、「東映作品、今井正監督『ひめゆりの塔』は予想以上の人気を呼び、興業収入約一億八千万円が確実視され他社の正月作品を圧倒して邦画史上最大の成績を記録するだろうとみられるに至った」[4]と書き立てられたもので、「おそろしく評判になった作品である。いや、評判というより人気があると云った方がいいかも知れない」[5]といったように驚きの言葉が連ねられた作品であった。

今井の二作目は、加藤が語っていたように「二十八年の時のまま」で配役が変わっただけのものであった。「旧作は、まさにこれをどうしても作らなければという勢いのこもった作品だったが、こんどはその勢いというものがやはり薄い」[6]と評された。今井の新作は、好評をもって迎えられたとはいいがたいが、「ひめゆりの塔」といえば今井作品を措いてはなかった。「ひめゆりの塔」ということになれば、まったくと新しいかたちでいくということは困難であった。というよりも、今井が用いた「ひめゆり」をまえなければならないことから、その多くを今井作品に負わなければならないということがあった。加藤はそれを、「ただ、内容そのものは、実際にあったことですから」と語っていた。

加藤へのインタビューには、また「作者として、もっとも強調」したかった点は何かというのがあった。加藤はその問いに対し、「原作の『ひめゆりの塔をめぐる人々の手記』を読んで思ったのは、実にさまざまな運命があるんですね、亡くなるにしても、生き残るにしても。ほんとにどれ一つとして同じものはない。だから、それを百人、二百人の全部をやるわけにはいきませんけど、なるべくそれを生かそうと……。／それと、生存者の一人であった原作者の仲宗根先生が、ちょうど映画がクランクアップした日に亡くなられたんです。この方は、沖縄の良心と戦後呼ばれて、ずっと平和運動をやられた方なんですけど、この方、深い悔恨があるんですね。結局、自分たち、大人たちが、彼女たちを戦場に連れてってしまったんではなかったかという……その失われた命に対するほんとに深い悔恨があるんですね。それはまさに、今につながるものですから、その先生の深い悔恨、深い悲しみが最後に出せたらというか、だそうと……。」と、答えていた。

加藤は、引率教師の「深い悔恨、深い悲しみ」を出そうと考えたというが、今井そして舛田の「ひめゆり」は、何を描こうとしたのだろうか。

今井は、「私はあの作品で何よりも訴えたかったのは、誤まれる指導者達によってひき起こされた戦争の悲惨さということでした」[7]というように、自作について語っていた。舛田の作品については「愛も友情も戦火のために粉砕された青春悲劇。としてとらえた作者（舛田利雄監督）のねらいが成功しているようだ」[8]との評が見られるように、今井の作品には見られなかった「〝ひめゆり部隊〟と浜田光夫ら沖縄師範男子部の〝鉄血勤王隊〟とのあわい交情」[9]が織り込まれていた。今、両者を踏まえて云うとすれば、今井作品は「指導者達」を問題にし、舛田作品は生徒たちに視点をあてていたということになるであろう。

加藤は、「女学生と教師の集団が主人公」だという。それはからずも今井作品と舛田作品を統合する形になっていた。加藤はまた、引率教師の「深い悔恨、深い悲しみ」を出そうとしたといっているが、では、加藤はそれをどう出したのであろうか。

その前に、四度目の「ひめゆり」がどう受け取られたかを見ておきたい。

一九九五年六月八日付『朝日新聞（夕刊）』「芸能」欄は、「散った若い命熱くリアルに」の見出しで、「ひめゆりの塔」「きけ、わだつみの声」「ウィンズ・オブ・ゴッド」の三作をとりあげているが、そこで「東宝の「ひめゆりの塔」は四度目の映画化である。監督が神山征二郎、脚本が神山と加藤伸代。出演が、沢口靖子と後藤久美子ら。太平洋戦争末期の沖縄で、学徒看護婦として従軍を余儀なくされた、女子師範学校と県立第一高女生徒たちの悲劇である。映画は、彼女らが逃げまどい、傷つき、死んでいく姿をリアルにつづっていく。／生徒たちをあおったあげくわが身の安全を図る教師がいて、一方に生徒を見守る教師がいる。死と隣り合わせの極限状況の戦場があって、横暴かつ非情な軍人がいる。そんな中で、少女たちは生き抜こうとする。映画は生きることの尊さを訴える」といい、続けて他の二作に触れた後で「三作ともに、あまりに重要で、あまりに痛烈なテーマを扱っている。作り手たちは、むなしく散った若い命に存分の涙を注いでいる。しかしながら、三作共通して、深く心を揺さぶるものがないのはなぜだろう。どこかうわべだけのきれいごとめいているという印象はどうしたわけだろう。／たとえば「ひめゆりの塔」なら、病院に遺棄されてなお生き延びた生徒の執念にもっと強い光を当てるべきではなかったか」と指摘していた。

加藤の「ひめゆり」が、過去三回撮られた「ひめゆりの塔」と大きく異なっている点は、戦後にまでそれが及んでいる点である。そしてそれは、ただ単に生き残った生徒たちの戦後を写したというだけに止まらなかった。

看護婦「あそこです。長くは困りますよ」
仲宗根「はい、ありがとう」
仲宗根「渡久地……」
渡久地「せんせい……」
仲宗根「……すまなかった」
渡久地「アメリカーに拾われました」
仲宗根「すまなかった！」
渡久地「先生……先生に会えてうれしい。ありがとうございました」

渡久地は、病院が南部への撤退を命令された際、重傷のため病院壕に残された生徒で、たとえ彼女が「処置」を受け入れなかったにせよ、米軍の攻撃でほとんど生きている可能性はないと思われていた。それが、生き延びて、米軍の病院に収容されていたのである。渡久地が、病院壕に残される場面は次のようになっている。

野里「もう出発だそうです」
仲宗根「防衛隊がいまだ到着しない。とにかく炊事場まで渡久地を運ぼう。医療器具は置いて行け」
野里・知念・垣花「はい！」

垣花「先生、担架が使えません」
仲宗根「たぶん、患者が杖代わりに持って行ったんだろう」
知念「背負いましょう」
仲宗根「渡久地、行こう。がんばるんだぞ」
渡久地「はい」
知念「さぁ」
渡久地「ごめんね。とても無理だわ……わたしはこのままで……」
野里「何を言ってるの、渡久地さん！」
渡久地「わたし一人のために、みんなが遅れては」
仲宗根「今帰仁へ帰るんだろう、さぁ！」
渡久地「先生、どうか行って下さい。行って！」
仲宗根「渡久地、許してくれ！」

「渡久地」については、加藤だけが触れていたわけではない。水木洋子作では次のようになっている。[11]

棚田「本部前集合！　直ちに移動開始！」

平良「安富、しっかりするんだぞ」
安富「豊子さん」
島袋「私につかまって……さ！」
安富「あー」
安富「あーッ」
島袋「良子ちゃん、しっかりして……」
平良「おぶされ！　安富」
安富「ダメ……もう……このままにして行って下さい……みんな……」
平良「安富ッ　元気をだせ！」「おいッ！　医療器具どうした！　運搬係り！」
仲栄間「運搬係り……」
平良「安富！　行くんだ！　一緒に……さ！」
島袋「良子ちゃん……」
岸本「つかまって……私に……良子ちゃん……」
平良「元気を出してくれ！　もう一度……」
安富「あーッ……目がくらむ……目が……」
仲栄間「我慢しろ！」
安富「覚悟しています……どうぞ……さよなら…」

加藤のでは「渡久地」になっていたのが、水谷のでは「安富」になっている。

そしてその場面は、生徒の名前が「トミ」に代わって、八木保太郎、若井基成、石森史郎脚本にも見られる。[12]

玉城「比嘉！」
トミ「あ、先生……トラックは……」
玉城「まだ着かないんだ。おぶって行こう。さ、肩に掴まって」
トミ「我慢するんだ、さあ……」
玉城「痛い……やめて……先生！」
松永「先生！　急いで下さい。生徒が出発しましたよ」
玉城「しかし――」
松永「この生徒さんはトラックでなけりゃ無理ですよ。我々が責任もって乗せますから――」
トミ「先生、急いで下さい。私もすぐー」
玉城「比嘉、トラックに……乗って来るんだよ、待ってるからね、いいね」
トミ「はい」

重傷の生徒を運びだそうとするこの場面は、そのようにどの「ひめゆり」にも見られるものであるが、もちろん全く同じになっているわけではない。水木作では、そのあと平良が再度安富のところに行き、「きっと、迎えに来るから……それまで待ってくれ……食糧はかんめんぽうと缶詰が一個ずつ、ここにあるからね、若し、万一、敵がここへ来たら……君も沖縄の女学生らしく……覚悟をして……この薬を……」と食糧と自決用の薬を渡す場面が出て来たし、八木、若井、石森の脚本では枕辺の食器に「ミルク」を配るのを躊躇している衛生兵に「私にも、ください」といい、衛生兵が首を振ると「おねがいします」と哀願、やむなく注ぐと「ありがとう」とお礼を言う場面が続く。

水木そして八木らのシナリオでは、病院壕に残された生徒は、配られた「薬」（「ミルク」）で、米軍の捕虜にならずに死んでしまう、といったかたちになっていたといっていいだろうが、加藤は、それをまったく新しい形にしていたのである。加藤は、なぜ前三作に共通していたといっていい壕に残される生徒の扱いを、別のかたちにしたのだろうか。それを「ひめゆり」全体とかかわった形でいうとすれば、全滅する「ひめゆり」を踏襲しないで、何故生き残った「ひめゆり」を加えたのか、ということになる。

朝日評は、加藤「ひめゆり」が、過酷な状況のなかで、「生き抜こうとする」生徒たちを描き、「映画は生きることの尊さを訴える」としながら、「どこかうわべだけのきれいごとめいているという印象」があって「深く心を揺さぶるものがないのはなぜだろう」と問い、たとえばとして、「ひめゆりの塔」なら、「病院に遺棄されてなお生き延びた生徒の執念にもっと強い光を当てるべきではなかったか」と評していたが、加藤「ひめゆり」が、他の三作と異なる大きな点があるとすれば、それは他でもなく、朝日評が欲しかったとした生き延びた生徒たちに「強い光を当て」たところにあったといっていいのである。

「ひめゆり」は、言うまでもなく、沖縄戦がいかに無惨な戦いであったかを照らし出したものであった。それはまた「女学生たちの悲劇が軍閥の横暴と独断によってひき起こされたことを深く訴える」[13]のをもっていたが、その戦いの無惨さや、「軍閥の横暴と独断」による悲劇を表すものとして、壕置き去りは格好の素材となったであろうことは、「ひめゆり」四作ともに、それが見られることではっきりしていよう。壕置き去りは「ひめゆり」の定番であったといっていいのだが、しかし前三作と加藤作とでは、その取り扱われ方が大きく異なっていた。

前三作における壕置き去りは、「ひめゆり」の悲劇が雪崩を打っていく前兆としての一シーンとでもいえるものでしかなかった。それが、加藤作では、「ひめゆり」の悲劇はまさにそこにあったといっていいようなものとなっていたのである。なぜ、そうなったのか。

加藤作は、水木「ひめゆり」に多くを学んだといっていい。沖縄の戦闘をどう撮るかの基本的なかたちをそこで学んだことは間違いないが、その上で、加藤は、より深く「ひめゆり」の生徒たちの手記を集めて刊行された仲宗根政善の『ひめゆりの塔をめぐる人々の手記』に寄り添おうとした。

「ひめゆり」は、一九四九年九月『令女界』に連載がはじまり、翌五〇年山雅房から刊行された石野径一郎の「ひめゆりの塔」によって、広く知られるようになったといっていい。それは、当初「ひめゆり」の映画化が、石野との交渉で始まったことからでも明らかであるが、石野のそれは、極めて戦後的な視点によって書かれた小説であった。[14]「心の底からの自由主義者である友人荻堂雅子とともに、死の戦場をはいずりまわる」カナを主人公にした作品は、「全編至るところに戦争で人間が殺し合うことに納得しない魂の絶叫がしみわたっている」と評された。[15]それは、「ひめゆり」の悲劇を伝えたいとする思いがとらせた一つの方法であった。

それに対して仲宗根の「ひめゆり」は、その書名からもわかるとおり「ひめゆり」の生徒たちの戦場記録を集め刊行した実録である。そこで仲宗根は「二十余万の生霊の血をもって山河を染め、沖縄は〝血の島〟として世界に知られた。この〝血の島〟でも、とくに悲惨をきわめたのはひめゆりの学徒隊の最期であった。わずか十六歳から二十歳までのうら若い乙女らが、あれほどに激しかった戦争に参加して、かくも多数戦死した例は人類の歴史にかつてなかった」といい、「この悲劇が戦後、あるいは詩歌によまれ、あるいは小説につづられ、映画、演劇、舞踊になって人々の涙をそそっている。ところがこの事実は、しだいに誤り伝えられ伝説化しようとしている」といい、「乙女らが書き残そうとした厳粛な事実を私は誤りなく伝えなければならない義務を負わされている。洞窟に残した重傷の生徒たちのことを思うと、この記録は私にとっては懺悔録でもある」と書いていた。[16]

「事実」を伝えるとともに「懺悔録」でもある記録、それが生徒を引率して辛うじて生き延びた仲宗根があらわそうとした「ひめゆり」であった。そこで仲宗根が伝えたいと願った「厳粛な事実」

とは、どの生徒も「生きたい」という思いをもっていたということ、しかしながらそれを教師たちが実現させてやることが出来なかったという悔いであったといえよう。その典型的な出来事が、渡嘉敷良子をめぐるいきさつであった。重傷患者たちとともに壕に残して立ち去ったことで、もはや生きてはいないであろうと思った生徒が生き残り、米軍の病院に収容されていた。そのことを知った仲宗根はとるものもとりあえず病院にかけつけ、声にならない声で渡嘉敷に「すまなかった」とわびる。彼女は、かすかな声で「先生ありがとうございました」と答える。そして仲宗根は、病院から帰る道々こう思ったと書く。「敵として恨んだ米兵が、かえって教えを説いた先生よりも親切であった。渡嘉敷からしてみれば、壕にほうり捨てて去った先生や学友よりは、救ってくれた米兵のほうがありがたかったにちがいない。現実の結果としては、これが厳然たる事実である」と。

「ひめゆり」の「厳粛な事実」あるいは「厳然たる事実」は、ここに歴然としている。どの「ひめゆり」の映画もこの場面だけは落としてないのは、「ひめゆり」の悲劇が一つここにあったことを見逃してないからであった。しかし前三作は、先に見たように、生徒を壕に残していくその懊悩を描くに止まっていた。それだけでは、仲宗根の伝えたいと願った「事実」を充分に伝えたとはいえないのではないかということに気づいたのが加藤らの第四作であったといえよう。仲宗根「ひめゆり」をもっともよく生かしたものとして加藤作は評価することができるはずである。

「ひめゆり」の第一回作品が封切られたのは一九五三年。その話が出たのは五〇年。沖縄が日本から切り離されて米国の統治下に置かれる事が公認されたのは五一年。「ひめゆり」の第二作が封切られたのは一九六八年。「祖国復帰」運動が燃え上がった時期で、翌六九年、沖縄の返還が日程に上った。第三作の封切られたのは一九八二年、復帰十周年を迎え、さまざまな行事が行われた年である。そして第四作が封切られたのが一九九五年。いうまでもなく戦後五〇周年の祝われた年である、というように、沖縄が、何らかのかたちで大きな区切り目を迎えるごとに、「ひめゆり」は映画化されてきたといっていい。そして、それぞれの作は、それぞれの時代を映すかのように脚色されてきたといっていいが、四作目で、初めて原作者が伝えようとした思いを結実させることができたといえるのではなかろうか。

今井の二作目に触れて、佐藤忠男は「新しい見方で考察する価値」を強調した[17]が、戦争体験者が少なくなっていくなかで、「ひめゆり」も変わっていかざるをえなくなるであろう。そして「ひめゆり」には、すぐ近くに「殉国」という美談に転化してしまいかねないものが用意されている。「ひめゆり」は、ともすれば美談の格好な素材になりかねないもので、そのことを最も恐れたのがほかならぬ仲宗根政善であった。仲宗根は、日記のなかで書いている。「戦争体験を無にすまいとつとめて来た自分らは、それを活かそうとして一面では美化して来たかもしれない」[18]と。戦争を記録することの困難さをこれほどよく語っている言葉はないが、それはまた、とりもなおさず「ひめゆり」を撮ることの難しさをも語るものとなっていよう。

〈注〉


1『文芸年鑑 昭和四十四年版』(昭和四十四年五月)記載の「封切月日」による。ちなみに同書の脚本の項には岩井基成、石森史郎の名前しか見られない。また「日本映画一九六八年」を担当した岡本博は、「ひめゆりの塔」について一言もふれてない。

2「真実に迫り得ない弱さ」『夕刊 読売新聞』昭和四十三年九月二十七日「スクリーン特集」、(平)の記名がある。

3「注目すべき力作全編にみなぎる詩情」『朝日新聞(夕刊)』昭和二十八年一月十日「娯楽」、(純)の記名がある。

4「邦画最大のヒット ひめゆりの塔青年層圧倒的に支持」『朝日新聞(夕刊)』昭和二十八年二月五日「娯楽」。
5 北川冬彦「ひめゆりの塔」『映画評論』昭和二十八年二月、第十巻第二号。
6 佐藤忠男「ひめゆりの塔」『シナリオ』一九八二年七月、第三十八巻第七号。
7「私の演出態度—白石氏に答えて—」『映画評論』昭和二十八年五月、第十巻第五号。
8、9「涙だけの青春悲劇」『毎日新聞(夕刊)』昭和四十三年九月二十五日、(K)の記述がある。
10『戦後五十年記念作品 ひめゆりの塔』決定稿、株式会社東宝映画、一九九四・十一・四。ト書きは、省略。以下同。

11「シナリオ ひめゆりの塔」映画タイムス社。

12『ああ、ひめゆりの塔』準備稿、日活作品。

13『朝日新聞(夕刊)』、注2と同。
14 一九五〇年七月六日付『うるま新報』は、「ひめゆりの映画化 東横と大映が計画 現地ロケで在りし日の姿再現」の見出しで、「東横専務比嘉良篤氏が記録文学『ひめゆりの塔』の著者石野径一郎(本名高安朝和、首里出身)との間に映画化の契約を本年二月締結し同社の力作『きけわだつみの声』の姉妹編としてクランクすることになった」と報じている。
15 岡部伊都子「解説」『ひめゆりの塔』講談社文庫。

16 仲宗根政善『ひめゆりの塔をめぐる人々の手記』角川文庫版「まえがき」。同書は、一九五一年八月『沖縄の悲劇 姫百合の塔をめぐる人々の手記』(華頂書房)、一九六八年九月『実録ああ ひめゆりの学徒』(文研出版)、一九七四年六月『沖縄の悲劇 ひめゆりの塔をめぐる人々の手記』(東邦書房)、一九八〇年六月『ひめゆりの塔をめぐる人々の手記』(角川書店)と、過去四度版をかえて刊行されている。版をかえるたびに、増補、改訂がなされている。

17 佐藤は、今井の二作目について「旧作のままの再現でいいかどうか、疑う視点はほしかったと思う」と述べ、「昔は気づかなかったことで、いまになるとよく見えるというポイントだってあるだろう」として、沖縄と本土の関係、渡嘉敷島の「集団自決」、アメリカ軍、軍国主義教育に関し、一作目以後出来し、新しく見えてきた問題を上げていた。四方田犬彦は「沖縄と映画」(『芸術学研究』第十一号、明治学院論叢第六六三号、二〇〇一・三)で、今井の「旧作」に関し、「戦後の日本映画のなかで、沖縄に最初に照明があてられた」もので、「戦争末期の沖縄でアメリカ軍の攻撃を受け、悲惨な最後をとげた女子学生たちの物語をきわめて感傷的に描いて、大きな商業的成功を収めた」ものであったが、「当時の子供たちが皇民化教育を強いられていたことへの批判的眼差しを読み取ることはできない」と指摘するとともに、「今日的に見てみると、今井がこの一見平和主義的に見えるフィルムを撮った隠れた意図とは、戦時中からアメリカによる占領期間を通して一度もとぎれたことのなかった、反アメリカ思想ではないかと思われる」と論じている。

18 「ひめゆりと生きて 仲宗根政善日記6」『琉球新報』二〇〇一年八月十二日号。

# V　月刊雑誌・同人誌の章

# 『闘魚』の詩人たち

## ――「一九三〇年前後の沖縄詩壇」補遺

### 1

大正末から昭和初期にかけての沖縄の詩壇については、先に「一九三〇年前後の沖縄詩壇」（『沖縄文学史粗描』所収）で紹介した。その時には、所在が不明だったということもあって、全く触れることの出来なかった同人誌があった。『闘魚』である。

一九三〇年代前後は、沖縄でもさまざまな同人雑誌が刊行されていた。しかし、そのほとんどは所在不明のままである。また、現物を見ることのできるものでも、揃いがないのである。『闘魚』は、四冊だけだとはいえ、揃っていて、当時の沖縄詩壇の動向がよくわかるものとなっている。

『闘魚』が、創刊されたのは一九三三（昭和八）年五月。編集兼発行人が有馬潤、印刷人が石川正秋で発行所は闘魚社となっている。

第一輯は、次のように編集されていた。

作品

津嘉山一穂　ロッペン島

イケイ 雅　黒い花冠
松山晴児　詩二ツ
外山陽彦　近代村景
與儀二郎　短章
有馬潤　妻へ寄する詩
評論
有馬潤　沖縄詩人一瞥
消息記
編集後記

編集兼発行人である有馬潤は「編集後記」で、「詩誌『闘魚』を作ることにした。爬龍船解体後この方沖縄ではほとんど沈黙してきた。沈黙は必ずしも不勉強だとは云へない。ただ発表を控へただけであつて全然詩作から遠ざかつてゐた訳ではない。この『闘魚』によつてぼくはまた立ち上らうと思ふ」と書いていた。

「編集後記」を読むと、有馬が、『闘魚』以前に『爬龍船』を出していたことがわかる。しかし、『爬龍船』に関する情報は「解体」したということだけで、いつ創刊し、「解体」したかについては何も記していない。そのあたりの事情について触れたのに伊波南哲がいる。

「一九三〇年前後の沖縄詩壇」でも紹介したが、伊波は、「落葉を焼く煙」の中で、「その頃（昭和五年――引用者注）の『詩の家』には、山口芳光、津嘉山一穂、有馬潤らの沖縄出身の詩人がいた。私はこれらの詩人と親しくしていた。当時、有馬潤は沖縄の小学校で絵の先生をしながら、『詩と版画』『爬龍船』という同人雑誌を出していた。」と書いていた。また、伊波は、有馬潤が詩集『ひなた』を刊行したとき、「跋文」を寄せている。そこでも「有馬君は詩誌『爬龍船』を編集し、『詩の家』に加盟し、われわれと密接な交渉を持ち始めるに至ったものだ。有馬君は詩に、版画に造詣深く、『爬龍船』のカットになる版画なども有馬君の作品だそうだ」と書いていた。

昭和二（一九二七）年古賀残星が書いた「九州地方の文芸界」を見ると、『版画と詩』はあがっているが、『爬龍船』はない。古賀の報告からすると、昭和二年には、まだ『爬龍船』は発刊されてなかったのではないか。『爬龍船』の発刊はその後で、伊波の文章からすると昭和五年には『爬龍船』も、廃刊になっていたのではないかと思える。

正確な記述は、これからの調査を待つしかないが、有馬は、『爬龍船』のあと、『闘魚』を発刊しているのである。『闘魚』の創刊は、伊波南哲や山口芳光らが同人として活動していた『詩の家』が廃刊になったことと関係しているようにも見える。いずれにせよ、満を持しての創刊であったことがわかる。先に引いた、「編集後記」にはそのことがよくあらわれていた。同記は、さらに次のように続いている。

今年は同人誌時代とも云へよう。沖縄文芸界にとつてよろこばしいことだが、同人誌を作ることなら、もつと文学意識の上に立ち上つてやつて貰ひたい。よく二三号で潰れるものは、経済上の負担といふよりは、同人の心がぴつたり調和しないのと、自分等の作品に少しの自信を持ち得ないのが最も大きな原因だと思ふ。

『闘魚』は量より質で押していく。みられる通りの小誌にすぎぬが、内容は相当自信を持つてゐるつもりである。闘魚に依る同人はこれからもつと、詩道への苦労をつむであらう。

有馬が「みられる通りの小誌にすぎぬが、内容は相当自信を持つてゐるつもりである」として発刊した創刊号は、巻頭に津嘉山一穂の「ロツペン島」を持ってきていた。

海面には黒ろきどよめき。何かはしらねど血汐多き海鳴りがきこゑる。
よからぬ貝殻をまもりて、をみなのしろき領土は、明け暮れ、小さき?のごとき武装にとざされるのである。丘に於いて。酸味を含める海霧《がす》の寝床から、日々消えゆく思索の花花。あるひは香りの元素。
ロツペン達はそのしろき胸に、月食の夜の地球を、また、脂肪のごとき愛撫の暗さを今しも明らかに識別するのであつた。彼女はさむき草叢に産卵した。永久に一個の。単数の秘密へ、寂寥の覆ひをかけて。

「ロッペン島」は、四連からなる。一連でロッペン島、二連でオットセイ、三連では水牛と白鷺、四連ではロッペン鳥とオットセイとを組み合わせ、ロッペン鳥の孤高、オットセイの権威を披歴し、それぞれの属性として「利己を全うせん」とする姿、「互いに扶助」する生活に焦点をしぼり、失ったものに思い及んでいく、といった一編である。

「ロッペン島」は、見られるとおり散文詩である。

昭和四年、北川冬彦は「新散文詩への道――新しい詩と詩人」(『モダニズムの騎手たち』現代詩鑑賞講座9現代詩篇Ⅲ 角川書店 昭和四四年五月三〇日)のなかで、「今日の詩人は、もはや、断じて魂の記録者ではない。また感情の流露者ではない、/彼は、先鋭な頭脳によって、散在せる無数の言葉を周密に、撰択し、整理して一個の優れた構成物を築くところの技師である」といい、「新しい詩の構成法がきびしく追及されれば、追及されるほど、無闇に行をかえ、聯を切ることの必然性が失われてくる。そして外観は、散文と殆ど異ならないものとなる。ここに真の自由詩への道の鍵が蔵われているのである。」「真の自由詩への道とは何であるか。「新散文詩への道」これである。」と主張していた。

北川らの運動を津嘉山が、どのように受け取ったかは不明だが、「構成法」などに関し共鳴する点が多かったのではないかと思う。

津嘉山一穂が『無機物詩集』を刊行したのは、昭和六年二月。同詩集には、「ナハ市 ナンセンス物語」のような、掌編小説に類する、いわゆる「新散文詩」とでもいっていい作品が見られる。津嘉山がいちはやく、「散文詩」を手に入れていたことは、「ナハ市」等からわかる。そのような試みができたのは、北川らの運動によるだけでなく、津嘉山が、さまざまな傾向を有する詩人たちの集まりであった「詩の家」に所属していたということもあろう。津嘉山は、北川がいうところの「一個の優れた構成物を築くところの技師」のようであったように見える。そしてその「技師」は、「詩の家」の同人間ではいわゆる「超現実主義」の詩人として見られていた。

『無機物広場』に「跋」を寄せた潮田武雄は、「彼の経歴はよくは知らない」がといい、「出産は琉球。そして一九三〇年度に於て『超現実主義』なる言葉が日本の大部分の詩人によつて粗雑な文学的常識としてうけ入れられてゐたうちに、彼のみが――『限りない羞恥の傾斜』として、それを対象し、それを分析し、それを愛育してゐた、といふことは事実である」と指摘。そして「私たちの少（小？引用者注）さいグループでは（――主として詩之家）彼の光芒に競ひ得るものはゐなかつたのだ。少なくとも超現実主義を云々する仲間のうちでは――」と書いていた。潮田は、津嘉山こそほんものの「超現実主義」詩人だと揚言していたのである。

津嘉山の略歴を簡潔にまとめたのに岡本恵徳がいる。岡本は、津嘉山が「『形式主義詩』運動に共鳴して」詩作を始めたこと、詩集発行後、『リアン』に参加し、「唯物史観とシュールレアリズムの統一をめざした詩運動を展開した」こと、『リアン』の弾圧により、「津嘉山も追われるように東京を離れ、樺太、台湾と居を転じた」（「近代沖縄文学史論」『現代沖縄の文学と思想』沖縄タイムス社一九八一年七月二〇日）といったことを書いていた。

有馬が、津嘉山に寄稿を求めたのは、津嘉山が、転々と居を変えて行く前のことであったかと思う。有馬は、津嘉山の詩法が、沖縄の詩人たちを啓発するものになると考えていたからにちがいないし、たぶんそれは的を射たものであった。

沖縄の詩人たちも、もちろん旧態依然とした詩を書いていたわけではない。津嘉山の次に登場したのはイケイ雅である。イケイは二編「黒い花冠 〝僕〟より〝僕〟の機能へ」と「甲板の風景の一部」を発表している。

甲板の風景の一部

三角波の色が彼女の心を
すつかり巻いてしまひさうなので
わたしは日傘をさしてやる
すると陽はちさく日傘に咲き
波は彼女の愛する詩集の色になつた。
彼女はニツコリして
初夏の、はなやかな対句を口づさむ。

三連からなるもので、その最初の連である。日傘、詩集、初夏といった物象、ニツコリ、トタツトタツといったようなカタカナによる動態表現は、いかにもハイカラで、いわゆるモダニズムの洗礼を受けたことを語るものとなっていた。

近藤東は、渡辺修三に触れて「もしモダニズムが、知的・感覚的・色彩的・絵画的・国際的・時代流行的、それに社会的関心などという形容で特徴づけられるとすれば」(「珠玉詩篇鑑賞」『モダニズムの旗手たち』現代詩鑑賞講座9昭和四四年五月三〇日)として、渡辺の詩の特徴を論じていたが、近藤にならってイケイ雅の「モダニズム」の特質をいえば、「色彩的」であるといえるであろう。

イケイの次に掲載されているのは松山晴児の「詩二つ」で、その一編「(2)バスにあふれる悲しみ」は、次のようになっている。

お客で一杯になつたバスの中である。
をんなは、静かに動いて、
傍に坐らせてあつた子供を膝に乗せ、
立つてゐる紳士の為に席をあけた。
二十四五の美しい女である。

三連からなるもので、その一連目である。

松山の詩は、満員のバスの中の一光景をうたったもので、子連れの美しい女性が、立っている紳士のために席を空けたというものである。相手の難儀を自分事のように感受し、相手が楽になるように取り計る、といったありかたは、いわゆる人道主義的な姿勢だといっていいものだろう。そしてそのような姿勢をよんだ詩人を、人道主義詩人と規定することができるとすれば、松山も、人道主義的な詩人のひとりであった。

「人道主義的詩人の範囲は、人道主義という概念の広さとあいまいさにもよって、正確な分類・見取り図めいたものは作りがたい」（「大正詩史」『現代詩鑑賞講座12　明治・大正・昭和詩史』角川書店昭和四四年一〇月三〇日）と、安西均は述べていた。安西はまた人道主義的な立場にたつ詩人として福士幸次郎、千家元麿、尾崎喜八、高村光太郎などをあげていた。安西のあげていた詩人たちの詩業に、松山の詩も通じていることからすれば、松山を、人道主義的な詩人であるといってもあながち誤りではないであろう。

松山の次に見られるのが、外山陽彦の二編「近代村景」「秋に泣く」である。「近代村景」は、次のようになっている。

文化から離陸せる島の飢餓行進《デモンストレーション》は
ダダイストの彼奴——産物の降誕祭《ノエル》に始まる烈しい暴風《あらし》は幾万坪の穀の一粒をも奪ひ去り、幸福を
喪失せる村はムスメの肉を啖つて火酒《ヲツカア》を温むるのみ

自らを紡績に呪縛せしムスメは痩咳と太鼓腹の土産。俸給不渡に泣く訓導も哀れ人の子、感情の欠片《かけら》。道徳の条理から崩落れた役場は『醜』のシルエット。貧者に金は無く、富者に税金御免の形。
島を色彩する田畑も季節の面紗《ベール》
ザクザク踏む石ころの一つにも最早飢餓が侵蝕する。余りにも落莫の海山、これが遠い日の豊かなる故郷《シマ》か、あゝ逃げる事の出来ない地獄の無軌道を具象する。

一連目は、島の貧困、二連目は、出稼ぎの悲哀、三連目は、荒廃する村を歌ったものである。沖縄はよく知られているように、大正末から昭和初期にかけて、経済的な破綻で窮乏の極に達し、「蘇鉄地獄」の島と称されるようになる。若者たちは、島を捨て、海外への移民、県外の紡績へ出稼ぎに出ていく。

そのような村落の状態を切り取ってみせたもので、一種のプロレタリア詩といっていいものになっていた。

外村の二編に次いで登場しているのは與儀二郎である。與儀は「短章」として、「群像」「西日」「ある時」「月夜」「百姓道」の五篇を発表していた。

群像
異様な樹木である
さびしいのだらう
みんな夕日に顔をむけてゐる。

西日
西日に咲いてゐる枇杷の花は
暖かそうだ

月夜
道の角で鈴懸の枯葉を蹴る

長いので四行、短いのは一行。いわゆる短詩と呼ばれるものである。短詩といえば、安西冬衛の「春」と題された「てふてふが一匹韃靼海峡を渡って行った。」や北川冬彦の「馬」と題された「軍港を内蔵してゐる」が有名である。「馬」は北川の第三詩集、昭和四年に刊行した『戦争』に収められた一編。

北川の短詩は、第一詩集の『三半規管喪失』(大正一四年一月刊)にも見られるが、大正一五年一〇月刊行された第二詩集『検温器と花』に結実し、『戦争』に収められた「馬」で完結した、といえるだろう。

「短詩運動」を引っ張っていった安西は、のちに「新散文詩」を提唱していく。そのことについては、先に触れたが、安西や北川の「短詩」が、外村を動かし「短章」を書かせたといっていい。

外村の次には有馬潤の「妻へ寄せる詩」を置いている。

〝あんばいが悪いから来てくれんか〟とのたより
年老つた、たつたひとりの母だから末ツ子のおまえがみたいのだ、
こんなときには、おまえはわしの妻であるより、
早やうお母ツさんのかはいい、いい子になつて行け。

「作品」の最期に置かれた有馬潤の詩編は、三連からなる。一連は、病気の妻の母を気遣い、はやく看護に行くようにと妻をせかす「わし」を、二連は、二、三日したら帰ってくるからと子どもを背負って出かける妻を、三連は、嫁に来ても家事に追われ苦労するばかりの妻が、愛しく思われるといったことをうたったものである。相手を思いやるやさしいこころを、平易なことばで綴った一篇である。

有馬潤の詩集『ひなた』が刊行されたのは昭和六年。佐藤惣之助が「序」を寄せているが、佐藤

はそこで「佐藤君のものを読んでゐると、なんの理屈もなく、そのまま心がほどけてきて、やさしい気になってくる。たとへばそれは冬の日向のやうな、おのれといふものの角をとつて凡ての理論や巧みをすてゝしまつて、只その肌あいと、しづかな呼吸づかいとだけになつてしまふ。もちろんその視野は決してひろいとは云はれないが、おのれの形と影そのものとは、なんの飾りもなしに、そつくり彷彿とあらわれてくる。そこには春のもの影のやうな、秋のかげりのやうなものがやさしく添ひ、一面には幼心とか、或いは小鳥とか野の草のやうな弱々しい、それでゐて純一なものが水のやうにいる。」と讃していた。また、佐藤は「この前故人になつた八木重吉君の手法がこゝにあきらかに伝へられてゐる」と、指摘していた。伊波南哲も「落葉を焼く煙」で『ひなた』の読後感を述べた後、「日本では、山村暮鳥、八木重吉などが、有馬潤と同じ傾向の詩を書いていた。」と指摘していた。

有馬潤の詩は、佐藤や伊波が指摘しているように、八木重吉などと傾向を同じくする詩だといっていい。

斎藤正二は、八木について、詩壇の趨勢について全く興味がなく、「朔太郎・犀星・春夫らの感情主義も、省吾・百治らの民衆詩派も、大学・八十らのサンボリズムも、重吉に影響を与えることがなかった」(「八木重吉」『歴程派の人びと』現代詩鑑賞講座8昭和四四年七月三一日)と述べていた。それは、八木が、詩壇のどの派にも属することがなかったということなのだろうが、八木と傾向を同じくする有馬は、「詩の家」の同人であった。そして、どちらかといえば「民衆派」の一員に数えられるのだろうが、「民衆派」的であるというより、より家庭的で日常的であった。身の回りのそれこそささやかな出来事に気をくばり、そこに人生を見いだしていったといえるからである。

『鬪魚』第一輯に登場した詩人は、津嘉山一穂、イケイ雅、松山晴児、外山陽彦、与儀二郎、有馬潤の六名であるが、傾向を同じくするということがなく、それぞれにことなる趣向の詩を書いていた。

有馬は、「編集後記」で、同人たちについて「津嘉山一穂君はぼくの無二の親友。名声嫌ひで、表だつて詩壇に顔をみせぬが、彼の力量は中央詩壇で高く評価されてゐる。與儀二郎君は旧爬龍船同人。短歌方面でも驚異を持つて注目されてゐる詩人。故山口芳光兄の親友。久しく詩作から遠ざかつてゐたが、今度鬪魚の仲間に入つて、詩の一兵卒に立ち返つて精進することになつた。イケイ雅君とは未知の間柄だが、遠く伊平屋の島から仲間に加つて貰つた。傑れた、鋭い感覚を持つた詩人である。松山晴児君は鬪志まんまんたる熱情的詩人。外山陽彦君は隠れたる詩人」と書いていた。

『鬪魚』は、そのように有馬の旧知の人、旧同人誌の仲間、表立った活動をしてない者、そして未知の人に呼び掛けて発足しているが、彼らは、それぞれに異なる傾向の詩を書いていたのである。それは、有馬が、そのようになることを図ってのことであったのかどうかわからないが、昭和初期の詩壇の情況をきわめてよく反映していた。

『鬪魚』は、「党派的詩誌ではない」といい、「プロであらうが超現実派であらうがおかまひなし」だが、「純同人制」をとっているので、だれにでも紙面を提供できるというものではないので、同人希望者がいたら申し込んでほしいと、呼びかけていた。

『闘魚』が、「党派的」でないのは、掲載された「作品」を見ただけでわかる。プロレタリア派の詩、超現実派の詩と通じて行く作品だけでなく、モダニズム系や民衆詩派系、そして日常生活派系に分類できるような詩がそこには見られた。それはまた、昭和初期の沖縄詩壇の情況をよく語るものともなっていた。『闘魚』が、大切な同人雑誌であるのは、そこにあると言っていいが、あと一点、当時、県内外で活動していた詩人たちについての情報を提供しているところにもある。

『闘魚』は、「作品」だけでなく「評論」も掲載していた。「評論」は、有馬潤の「沖縄詩人一瞥」と題されているものだが、昭和初期に活動していた詩人たちを知るのにこれほど恰好なものはない。

「沖縄詩人一瞥」は、(一)と(二)からなる。(一)では、県外で活躍している詩人たち、(二)では、県内の詩人たちをあげて、簡単な紹介をしている。
(一)で挙げられている詩人は、伊波南哲、国吉真善、山之口貘、津嘉山一穂、仲村渠、新屋敷幸繁、新屋敷つる子で、(二)では桃原思石、宮里静湖、仲泊良夫、川島涙夢、川野逸歩、又吉祐三郎、イケイ雅、花白みさほ、松山晴児、大浜妖をあげ、そのあとに平良好児、丘隆志、喜友名青鳥、野村芳樹といった名前が並んでいる。
有馬は、(二)で県内の詩人をとりあげる前に、次のように書いていた。

「沖縄詩壇」なる名称に就いては、いろ〳〵最近論議されてゐるようだが、論議されるだけ沖縄在住の詩人に問題とされるものが、ある筈である。詩人在っての詩壇である。ぼくは沖縄詩壇なるものは、現在建設されつゝあると明言したい。さて建設されつゝある沖縄詩壇なるものを、展望する場合、それに、立ち上る詩人の群を見る。それ等の有名も、無名の詩人を、チャンポンにしてふるひにかけて摘出してみやう。

有馬によって「摘出」された沖縄で活動していた詩人たちの名前が（二）に並べられていたのである。一九三〇年代には、そのように、多くの有名無名の詩人たちが、沖縄の詩壇を賑わせていたのである。

## 2

『闘魚』二輯が刊行されたのは昭和八年七月である。目次は次のようになっている。

散文 青葉の頃の感想
闘魚寸評
消息・後記

『闘魚』創刊号に登場した四名に、仲泊良夫が同人に加わり、「抽象の魔術」で登場。「抽象の魔術」は、五章からなるが、その「第一章」は、次のようになっている。

私の優美な細長い宝石質の鉛筆は装飾された夜の裸麦を創造する。智性の雛鳥はいま帆立貝をつけた春のヴィナスと共に生誕したばかりである。私の厳正な想像の頸をめぐる純潔なる夢の微風。芳香性ある水差の如き処女もまた純潔である。太陽と白鳥と昆虫の群がる女優の衣装は抽象の花園に薫る薔薇の指をかすめる。私の麗はしい瞳は遠く人魚の倫理を要求する。要するに私は高価な物質と夢ばかりを飲んでゐる個性を失つた俳優に過ぎない?

「抽象の魔術」は、『闘魚』への初登場ということもあってか、いわゆる自己紹介といった形をとっていた。第一章では「私は高価な物質と夢ばかりを飲んでゐる個性を失つた俳優に過ぎない?」といった自問、第二章では「私は天主の専門語のみを使用してゐるに過ぎない」という自己規定、第三章では、「私は音を発することなく発光する文明の夜光虫である」といった自己表示、第四章では、

「私は私の創造に就ては極端な孤独のタングステン電球である」といった独自性の誇示、第五章では、「私は博物館から天真爛漫な噴水塔等へ流星のように飛び込む」といった伝統を逃れて湧き出す新鮮な潮流に向かう自己変革者としての姿勢を示した、いわゆる宣誓の一編としてよめるものであった。

詩に散りばめられた物象、さまざまなレトリック、飛躍、そして転換といった詩法は、たぶん当時流行したシュールリアリズムに学んだものであった。

大岡信は「昭和詩史一」(『明治・大正・昭和詩史』現代詩鑑賞講座12、角川書店 昭和四四年一〇月三〇日)で、滝口修造らは西脇順三郎とともに「昭和二年、コレクション・シュルレアリストと銘うって、合同詩集『馥郁タル火夫ヨ』を刊行した。西脇以外では滝口のテキストが、シュルレアリズムの自動記述や夢の描写の方法に学んだ、鋭い映像美をもつ錯乱的な言語実験の成果を示していた」とい い、続けて「シュルレアリズムを標榜したグループはもう一つあった。上田敏雄、上田保、北園克衛、富士原清らで、昭和二年『薔薇・魔術・学説』を創刊し、更に昭和三年十一月には、『馥郁タル火夫ヨ』のグループと合同し、翌年六月まで、シュルレアリスム機関誌『衣装の太陽』を出した。彼らのほか、独自にシュルレアリストのブルトンやエリュアールと文通していた山中散生を加えると、いわゆるシュルレアリスム系の詩人たちの一群が形づくられる」と書いていた。

仲泊良夫が、どのグループに学んだかはわからないが、「いわゆるシュルレアリスム系の詩人たちの一群」に学んだことだけは間違いない。

有馬潤は『闘魚』の創刊号で「沖縄詩人一瞥」として、県外、および県内で活躍している詩人たちを紹介していたが、後者で仲泊良夫について、「唯一の超現実派の詩人。それだけに彼の存在は孤立してゐる。彼の詩はたしかに純粋なるものがある。彼はどの角度から、どういふ方向に対して詩を作つているかを知つてゐる。彼はいつまでも聡明なシュウルリアリズムを標榜するだらう」と書いていて、彼の独自な詩法について、いち早く紹介していた。

『闘魚』は、第二輯で、さっそく新しく加入した同人の詩を掲載していた。それに自信を得たのであろうか、「後記」で、「第二輯をこゝに送る。今月から月刊にする。締切は毎月二十日、同人はそのつもりで原稿を忘れずに」と書いていた。

『闘魚』第二輯には、同人五名の作品のほかに、有馬潤の「青葉の頃の断想」が掲載されていた。そこで有馬は、『闘魚』創刊号に対する批評が「琉球紙」に三つあったとして「江河、沈念坊、花城具志、宮里静湖三氏のそれである」と紹介している。「琉球紙」は、たぶん『琉球新報』だろうが、「四氏」の筆名をあげながら、「三氏」としている。後の一つは、他紙に掲載されたものであるということだろう。

有馬は、三名の批評を取り上げ、三名それぞれの「批評的立場」について、江河氏は「溺愛的印象批評」であり、花城氏が「漫文的主感評」で、宮里氏は「文学的論旨に立脚した客観評」であったと指摘し、「三氏の批評の中、何れが正しい批評であるかは、私としては云ふ必要はない」としていた。そしてそのあと、詩の批評及び詩作についての自説を展開し、最後に、全国で発行されている同人雑誌で注目したいものとして『女人詩』をあげていた。
有馬は、『女人詩』に拠る女流詩人の「生命力の旺盛さ」を賞賛したあと、「詩人らしい女流詩人が一人もゐないわが沖縄詩壇の惨さが痛切に感じられてしかたがない。詩運動も一つの文化建設である位はわきまへて欲しいものだ。これでは沖縄の女性は他県の女性よりも、文化の一端に於ても一歩退却せる位置にあると云はれても仕方があるまい。」と、女性の奮起を促していた。
『闘魚』にも女性の作品はみあたらない。それは『闘魚』だけではなかったであろう。昭和八年といえば、久志富佐子の小説「滅びゆく琉球女の手記」が発表され物議をかもした年である。すでに小説を発表していた新垣美登子をはじめ小説を書く女性や水野蓮子、野沢仙子といった歌を詠んでいた女性たちはいたが、詩の表現者は見当たらない。詩を書く女性の登場はもう少し、待たなければならなかった。

3

『闘魚』第三輯が刊行されたのは昭和八年九月。目次は、次のようになっている。

作品
新屋敷幸繁　わが愛する人々の中へ
宮里　静湖　ふるさと

イケイ 雅　アル現象ノ線
南 青海　海浜
川野 逸歩　寝る前
與儀 二郎　七月詩編
外山 陽彦　護岸
仲泊 良夫　世界の創造
評論
伊波 南哲　詩人の貧縮時代
受贈誌寸評・後記

第三輯からは、四名の詩人が加わっていた。有馬が、第二号の「後記」で、「第二号をこゝに送る。今月から月刊にする。」と宣言したのは、成算があってのことであったように見えるし、第三輯は、そのことを示していたが、発行が八月ではなくひと月遅れの九月になったのは、同人誌の刊行が容易でないことをそれとなく語っていた。

初登場の一人、新屋敷幸繁の「わが愛する人々の中へ」は、次のようなものである。

私は友達を欲しがつてゐる

結局あとに残る友達は私一人かもしれぬが
それでも私は友達を欲しがつてゐる

「わが愛する人々の中へ」は、六連からなり、友達が欲しいこと、しかし友達は離れて行くこと、突き放されることで強くなっていくが、そのためにも友達が欲しい、そして無私になれば、力もわいてくる、とうたった一編である。他につながりたいと願う積極的な姿勢は、人道主義的なグループに見られる一面であった。その向日性的な傾向のよく出た一編であった。
宮里静湖は「ふるさと」「黄色いともしび」の二編で登場。「ふるさと」は、つぎのような一編である。

薄暮
夕霧しめやかに這ふ一筋の海岸道路をゆく

岬の彼方、夕あかりの空に
遠く忘れかけた
ほのかな愛情がよみがへる。

五連からなるもので、その一、二連であるが、これだけでも、宮里の詩の特徴は十分にわかる。

作品は題名になっている「ふるさと」を歌ったものである。最後の連の一行を「父母はわたしを待つのである」と閉じている。小波が浜を洗い、アダンの花がかおる十六夜、その光をあびて、フクロウも泣いているであろう里で私を待つ両親を歌った一編で、抒情性溢れるものとなっている。

抒情詩派の結集した『四季』が創刊されたのは昭和九年。『鬪魚』の創刊は昭和八年。宮里が『四季』に掲載された詩群を読むのは「ふるさと」を発表した以後ということになる。宮里が、「四季」派の詩人たちの詩を読んだのは間違いないが、宮里の詩的出発は「四季」派以前の詩人たち、例えば室生犀星あたりに求めたほうがいいであろう。それは、宮里静湖の文学的出発の時期から考えてもそういえるからである。

新屋敷、宮里らとともに新たに加わった南青海の作品は、次のようなものである。

海のドウムを鴎は飛び交ふ。
妖女の股《もも》を滑つて積雲に傾倒する赤い帆の快走舟。パラソルの花咲かす白日の海浜は海の魔術を呼びて人魚等の瞳を吸収し、文明の化粧を剥ぐ。広茫のパジャマを引裂き、襞に隠れ、戯れる人魚等の魅惑の腰は艶麗な波紋に震へる。
陸と海との境界に立ちて愁眉な眉等は寧ろ海の遊泳術を撰ぶか?環状の浮袋に救助される白い人魚等よ、海浜の夏も又あなた達に属する。

題名が示しているように夏の「海浜」の情景をスケッチした一編である。入道雲の下を快走するヨット、日傘のしたで戯れる女たちの艶麗な肢体、おぼれて救助される人たち、いずれも夏の海浜の一コマを写し取ったものである。

北原白秋は、大正後半期の詩壇を「純正叙情派、印象派、象徴派、神秘派、影象派、民衆派、新民衆派、未来派、表現派、ダダ派入り乱れて、遂に収拾すべくもなくなった」(安西均「大正詩史」『明治・大正・昭和詩史』)と概括しているそうだが、南の詩をあえて位置付けるとすれば、「影象派」ということになるであろう。「海浜」は、海辺の光景を一コマ一コマ鮮やかに切り取っていた。

川野逸歩は、「寝る前」「照る日」「灯のつく頃」の三篇を発表している。いずれも短い詩で「寝る前」は、次のようになっている。

――偉くなつて貰ふぞ!
児が生れたときの感激を忘れない。
その児も五つになつて
他に勝るところを見せて悦びたがるわい。
その児の寝姿に見入りながら
自分の期待が眠の前に躍り込むやうで
大きなことを考へる父であつた。

子どもの将来を期待する父親を歌ったものである。

「照る日」は、汗だくになって働く娘たちを涼ませてやりたいという思いを、「灯のつく頃」は、父親の存在のありがたさをうたったもので、三篇ともにありふれた日常風景を映し出し、心温まるものになっていた。その詩を、あえて分類するとすれば、いわゆる民衆派に属するもので、詩の作法には大きな違いがみられるが、有馬潤に通じるものがあるといっていいだろう。

『闘魚』三号の「作品」は、以上だが、その他に伊波南哲の「評論」があった。「詩人の貧縮時代――われらは如何にしてこれを闘ひ抜くべきか――」と題されたそれは、すべてが「非常時の名に於て統制され、批判され、吟味されつゝある」なかで、詩人たちも逃げ腰になって醜態をさらしているが、当局に、危険視され、弾圧され葬り去られてしまうというのは杞憂であり、「取越し苦労」であるという。そして、現今のような「詩人の貧縮時代」に於いては、「本格的なよき詩人」に道は開かれ、「似非非詩人群」は、泡沫と化してしまうであろうし「時代の大いなる篩の手にかけられて残り得る詩人はそれだけに異常なる努力と根ばり強い闘ひが肝心」だと主張していた。

満州事変が勃発したのは昭和六年。国内、国外を問わず、時代はまさしく「非常時」と呼ぶしかないような社会状況を現出、日常生活の面だけでなく、詩人たちの表現活動にもそれは追いかぶさってきていたことが伊波の「評論」からわかる。そこで伊波は、そのような時代の沈滞を破るものこそが「優れた詩人」であると強調していたのである。

4

『闘魚』第四輯が刊行されたのは昭和八年一一月。目次はつぎのようになっている。

作品
花城具志　十月・他二編
宮里静湖　秋の素描・他一篇
伊波南哲　運命の荷車
有馬　潤　無題・他二編
與儀二郎　生活編
宮良高夫　出発・他二編
南　青海　夢の沃地・他一篇
評論
福治友衛　三面鏡
伊波南哲　闘魚三輯寸評
受贈誌紹介　後記

四輯から「作品」欄に登場したのは花城具志、宮良高夫の二人。花城は「十月」「城」「鶴」「風」の三篇、宮良は「出発」「初秋」「浜辺で」の三篇を発表していた。

少女鶴はしかし少しばかりの金のことで暗い街の方へ行つて了つた。今では花やかな酒宴の一隅で鶴は銀の簪を頭の頂に光らせてゐるか。丁度不幸な信号のように。

暗い博物標本室の中で私はかびくさいしかし正しい姿勢の鶴をみつけだす。鶴はその長い嘴で何を刺し、その長い蹠で何を破らうとするのか。そしてこの大きい翼を広げて昇天するのはいつなのだらうか。鶴に続く無数のまづしい鶴達。

「鶴」と題された一編である、一連で、鶴と言う名の少女が、遊郭に売られていったことをうたい、二連では標本室の鶴をうたい、三連で、鶴の叫び声に浅い夢を破られることもあった、としめ括っている。少女の名前から標本室の鳥のはく製へ、語音を等しくする事から生まれて来た連想で、生と死、俗と聖とのあざやかな対照をうつしとった一編である。花城の作品は、「十月」の「今日」を過去、現在、過去とたどるかたち、「城」の擬人化、「風」のやはり同音の導き出してくる事象等、いずれも才知の閃きを感じさせるものとなっていた。

あと一人初登場の宮良は三篇発表していた。

恋人を抱き締めたら
あゝ　体いっぱい
こんなににも力が溢れて来る!

「出発」の一連目である。四連からなる詩は、はちきれんばかりの健康な肉体を歌っていて、まさしく「出発」を飾るにふさわしい一編となっていた。「初秋」では、美しくなった娘を、「浜辺で」では、恋する乙女を、といったように、みずみずしい感性をいかんなく発揮して宮良は登場していた。『闘魚』は、そのように毎号新人の加入があって、しかも傾向の異なる詩が見られた。それは『闘魚』に限らず、沖縄の詩壇にとってうれしいことであったといっていい。

『闘魚』は「作品」だけでなく「評論」も掲載していた。『闘魚』が、昭和初期の沖縄詩壇の様子を知るうえで大切な雑誌となっているのは、そこにもあった。第四輯に掲載された福治友衛の「三面鏡――私のノートより――」はその一つである。

福治は、創作の少なさにくらべ、詩作品が多いのは、「沖縄の文壇」の不思議な一現象であるが、その多くは、取り上げるほどのものでもないとして、

少数の有名詩人を除く他、其等《それら》の総てが、自己の詩に対して、的確か(な?―引用者注)世界や方

向を持つてゐなく、単なるイミテーションであり、自然発生的であり、厳密な意味に於ける詩でなく、「詩に似たもの」だからである。それは、

一体何に起因することであらうか？　云ふまでもない。自己の詩作活動を勇敢にし、飛躍《ひやく》せしめるところのオリヂナリテイ、——所謂詩の本質に対する概念の正確な構成に無頓着だからである。

としていた。

そして福地は、沖縄の文壇が進歩しないのは、例えば西脇順三郎のような「指導理論家乃至評論家」を欠いているからであり、従来の「独断的批評を一新する」には、「新しい批評家の出現」が必要であり、それを「詩壇に期待」したいという。

福治の「エッセイ」は、そのあと、「プロレタリア文学」の衰退から、有馬潤と仲泊良夫との違いに及び、最後に「小説が書けないから詩を書く」といった態度を芥川龍之介や横光利一、トルストイやボオドレエルを例に出し、批判し、終わっていた。

福地の主張に特別な新しいものがあるわけではないが、有馬潤を評価していたことがわかる。有馬潤は、しかし詩作が評価されただけでなく、編集者としても評価されていたのではないかと思う。『闘魚』に集まった詩人たちをみてもそれは一目瞭然だからである。

『闘魚』第四輯の「雑記」に有馬は「今輯は別に原稿の催促はやらなかつた。集まつたものだけで編輯することにした。（中略）今後も別に催促しないつもりだ。締切日は厳守。小生も忙しい身。

事務的なものはキチンとやつて貰つた方が世話がない。次輯は十一月二五日」と書いていた。原稿の督促はしない、しかし、締切日は厳守と言明したのは、雑誌の発行に絶対的な自信があったからであろう。そしてそれは、第四輯まで発行して来て得た自信であったに違いないが、第五輯は、不明である。

『闘魚』は、第四輯で終っていたのではないか。それは、原稿が集まらなくなったためではなく、伊波南哲が「詩人の貧縮時代」で書いていた「非常時の声」が高くなってきていたことと関係していたのではなかろうか。伊波は、「当局の弾圧が激しく、少しでも社会学的批判の鋭鋒を向けると直ちに危険視され一朝にして葬られて仕舞ふ」といったようなことは「杞憂」にすぎないし、「本格的な詩の運動が何ら危険視される憂へがないばかりか、断じて当局の弾圧など受く可き性質のものではないことをはつきりと言つて置きたい」といい「それら杞憂は日和見主義からくる取り越し苦労といふものであらう」と断じていたが、「非常時」は、伊波が想像していた以上にすすんでいたといえるし、出版に関しても、圧力がかかりはじめていたと思われるからである。

『闘魚』が、何輯まで刊行出来たかはっきりしないが、昭和八年限りの四輯だけが残っていた。四輯だけだったとはいえ、昭和初期の沖縄詩壇をよく映し出したものになっていたことは、いくら強調しても強調しすぎるということはないであろう。

## 5

大岡信は「昭和詩史一」（『明治・大正・昭和詩史』前出）を、次のように始めていた。

昭和詩と一口にいうが、それは必ずしも昭和改元後の詩という意味ではない。今日ほぼ常識となった概念として、昭和詩はだいたい大正十年ころから始まっているとみてよいだろう。それは、昭和初年代の詩の大局的な動向を決した諸種の詩運動や新しい社会意識、新しい詩観が、大正十年ころから、明らかな胎動を伴って、一世代全体の動きとして、日本近代の詩の歴史に新段階を刻んだということがいえるからである。

大岡が指摘しているように、「昭和詩はだいたい大正十年頃から始まっている」と言われるが、沖縄の詩壇はどうだったのだろうか。

昭和初期の沖縄詩壇の様子は『闘魚』で見て来たとおりだが、『闘魚』に名前があがっていた詩人たちいわゆる昭和期の詩人たち伊波南哲、国吉真善、山之口貘、津嘉山一穂、仲村渠、新屋敷幸繁、新屋敷つる子、桃原思石、宮里静湖、仲泊良夫、川島涙夢、川野逸歩、又吉祐三郎、イケイ雅、花白みさほ、松山晴児、大浜妖、平良好児、丘隆志、喜友名青鳥、野村芳樹たちの活動はいつごろから始まっていたのだろうか。

彼らの名前が、いつ頃からでてくるのか、ここでは、『沖縄教育』の文芸欄で見て行くことにしたい。『沖縄教育』は、沖縄県教育会の機関誌で「その内容は、教育に関する論説のほか、教育の実践記録などから構成される。これらにくわえて関係する会議や研究会の記録、島の歴史や民俗に関する調査、また詩歌などの文芸欄、他誌からの転載記事などが掲載されている」(藤澤健一・近藤健一郎「解説」『「沖縄教育」解説・総目次・索引』不二出版　二〇〇九年一一月二五日)ものである。

機関誌には欠号があるだけでなく、一一六号(一九一八年)から一二九号(一九二三年)までは、まるまる四年間にわたって不明である。昭和詩がはじまるとされる一九二一年からからでもほぼ三年間は空白になっているのである。

現在見ることのできる一九二三年一一月一日発行一三〇号からみていくと、同年一二月一日発行一三一号に間国三郎、光一路、一九二四年一月一日発行一三二号に上里春生、世礼国男、古波鮫唯信、同年四月一日発行一三五号に江島寂潮、同年七月発行一三八号に白浜冷夢、松根星舟等、有馬は挙げてなかったが当時知られていた詩歌人の名前が見られる。

有馬潤が挙げていた名前が現れるのは、一九二四年九月一日発行一四〇号からである。川島涙夢がそうだが、川島は、詩ではなく短歌を発表していた。その後一四一号、一四二号、一四三号、一四五号、一四六号と短歌を発表、一九二五年九月一日発行一四七号に山之口貘の詩二編「まひる」「人生と食後」が掲載される。沖縄の昭和詩を代表する詩人の初登場ということになる。そのあと貘は「彼」を一九二六年九月一〇日発行一五六号に発表していた。

『沖縄教育』への初登場を飾った「まひる」は、次のような詩である。

乾燥した城跡の裏路の日向
クロバイの汚みた白い服があらはれ
苦熱のまんなかにあらわれ
サーベルの音が蝋のやうに溶け
私のまつげには
軽蔑の憎悪みとがぶらさがり

さてー
嗜眠性脳炎に侵された太陽の看護には
とろとろ飽いて
横走蟹のやうに、
四辻の
交番にぱったり突きあたつたのが
足の太い
年増の女だ。

『思弁の苑』に収められた詩編とは全く異なる詩風とはいえ、貘らしい表現が随所にみられるものである。

貘のあとに登場してくるのが宮里静湖(一九二六年一月一日、一五〇号「午後四時」「車夫」二編)、与儀二郎(一九二六年二月一〇日、一五一号「十二月の戯心」)、新屋敷幸繁(一九二六年一〇月一〇日、一五七号「故里訪問詩集補遺」)、桃原思石(一九二六年一一月一〇日、一五八号「秋の感覚」)、仲泊良夫(一九二七年二月一〇日、「百貨店のアヴァンテュウル」)、といった詩人たちである。

一九二五年から一九二七年にかけて、沖縄の詩壇に、新しい動きが出ていたことが、『沖縄教育』からわかる。同時に彼らの活動が、『闘魚』を生む一因にもなったはずである。

『沖縄教育』の学芸欄は、埋め草程度のものであったとはいえ、一九二五年ごろから昭和詩の胎動がはじまっていたことを示す大切な機関誌であったのである。

# 解題『THE OKINAWA おきなわ』

『THE OKINAWA おきなわ』第一巻第一号・創刊号が発行されたのは一九五〇年四月一日。現在、所在が確認されているのは、一九五五年九月十日に発行された第四十六号までである。前号に終刊の予告はないが、次号の出た形跡がないことからすると、廃刊の予告がないままでの終刊であったといっていいだろう。

「THE OKINAWA」「おきなわ」の両語併記は、一九五三年の第三十二号を別にすれば、終刊まで変わることはなかった。第三十二号の「THE OKINAWA」の脱落は、単純な校正ミスであったといえるもので、両語併記は、沖縄が米国の占領下にあるということをそれとなく示したものであったといえよう。

沖縄の呼称は、周知の通り、一八七九年の琉球処分によって、琉球王国が解体され、日本に併合されたことによるものであった。そして、一九四五年の日本の敗戦にともない、米軍の占領するところとなり、沖縄の呼称は、琉球処分前の琉球に戻り、一九七二年の五月十五日まで続いていくことになる。

沖縄近代の歴史は、琉球から沖縄、沖縄から琉球、そして琉球から沖縄へと目まぐるしくかわっていったわけだが、雑誌は、琉球を用いず「おきなわ」を表題にしていた。そこには、米軍統治下にあろうとも、日本の一県であり、琉球ではなく沖縄なのだという意識が働いていたといえなくもない。

当初『THE OKINAWA おきなわ』(以下『おきなわ』と略記)は、巻号表記ではなく発行月の数字を表紙に記載していた。表紙の月表示は、一九五一年十月十日発行から、通巻数字の表記に変え、終刊まで続く。しかし、奥付は当初、巻・号表記、一九五一年一月から巻・号とともに通巻表記をし、五一年十月は通巻表記だけで、翌月の十一月発行からは元にもどり通巻、巻・号を併記し終刊まで通している。

前面にしーさー(獅子)、その右後ろに守礼の門、さらにその後ろ左側に山原船(馬艦船・帆船)を配した三点セットになる表紙画は、第二十号まで。第二十一号からは毎号異なる沖縄の風俗、女性たちの琉装、建造物、舞踊等の写真を掲載、第四十三号は女優山本富士子をモデルにしているが、表紙は、沖縄を彷彿とさせる写真で飾っていた。

『おきなわ』の発行日は、第一巻一号から第六号まで月初めの一日。第一巻第七号だけ二十五日(「二十日五」とあるが誤植—筆者)で、八号以後十日になり、終刊まで十日を通している。月刊を目標にしたといえるが、必ずしも毎月刊行されていたわけではない。

一九五〇年の創刊号から、第四十六号が発刊された一九五五年九月までの刊行経緯を見ていくと、

一九五〇年・第一巻
一号四月、二号五月、三号六月、四号七月、五号八／九月合併号、六号十月、七号十一月、（十二月刊行無し）
一九五一年・第二巻
八号一月、九号二月、十号三月、十一号四月、十二号五／六月合併号、十三号七月、十四号八／九／十月合併号、十五号十一月、十六号十二月
一九五二年・第三巻
十七号一月、十八号二／三／四／五月合併号、十九号六月、二十号七月、二十一号八月、二十二号九月、二十三号十月、二十四号十一／十二月合併号
一九五三年・第四巻
二十五号一月、二十六号二／三月合併号、二十七号四月、二十八号五月、二十九号六月、三十号七／八月合併号、三十一号九月、三十二号十月、三十三号十一／十二月合併号
一九五四年年・第五巻
三十四号一月、三十五号二月、三十六号三／四月合併号、三十七号五月、三十八号六／七月合併号、三十九号八月、四十号九／十月合併号、四十一号十一月、四十二号十二月
一九五五年・第六巻

四十三号一月、四十四号二／三月合併号、四十五号四／五月合併号、四十六号六／七／八月合併号

となっている。

第一巻七冊、第二巻九冊、第三巻八冊、第四巻四冊、第五巻九冊、第六巻四冊という数字が語っているように、毎月順調に刊行されていたわけではない。一九五五年になると、それが際だっていて、毎号合併号となり、第四十六号になるとこれまでなかったような事態になっていたことがわかる。

『おきなわ』の編集兼発行人は創刊号から第三十号まで神村朝堅、第三十一号から編集人神村朝堅、発行人に中田匡彦の二人体制になっていく。第三十一号はその件について「今度社長に　中田匡彦氏（第一物商社長）を迎え、紙面の刷新・経営の健全化に邁進することにしました」という「社告」を出していた。新社長の就任で経営の「健全化」は図られたに違いないが、紙面については、特に「刷新」されたといえるような点はないと言っていいだろう。

『おきなわ』の編集で際だった点といえば、

第二巻第二号・通巻九号「芸能特集」
第二巻第三号・通巻十号「ハワイ特集」
第二巻第六号・通巻十三号「故人追悼特集」

第十四号「婦人特集」
第十五号「領土問題号」
第十六号「故人追悼特集―第二集」
第十七号「児童・生徒号」
第十八号「沖縄現代史号」
第二十号「琉歌集」
第二十四号「民謡集」
第二十七号「島袋源七氏追悼号」
第二十八号「組踊名作集」
第三十二号「沖縄研究号」
第四十五号「金城朝永氏追悼特集」

といった「特集」等があげられよう。

『おきなわ』が、最初の特集号を「芸能」にしたのは、時宜にかなったものであったといっていい。沖縄は地上戦で壊滅的な打撃を受ける。住民は、住むところを失い、米軍の設置した収容所に詰め込まれることになるが、収容所の不如意な生活を唯一慰めたのが俄作りのカンカラー三線であった。そこに眼をつけたのが、米軍の文教隊長であったハンナ少佐で、彼は沖縄人の慰安・宣撫には、沖縄の芸能が最適だと考え、諮詢会の幹部と諮り、生き残った俳優や琉球音楽家を召集し、慰問隊を組織、二カ年間で「三百回」に及ぶ公演をこなしていく。その後慰問隊は松劇団、竹劇団、梅劇団の三劇団に分けられ、群島政府公務員として活動を続けていくとともに、「古典劇や舞踊の研究」にも熱を入れていく。

一九四七年六月には首里で「文化部連盟が発足」する。そして十二月には「芸能文化の向上に協力するの目的を以て沖縄教育会員を中心とする芸能大会」が開催されるまでになっていく。

一九五〇年一月二十八日付け『うるま新報』は、「琉球が世界に誇る古典音楽、劇、舞踊などの芸能を保存研究するため〝琉球古典芸能保護研究会〟の組織が寄り〳〵進められていたが千原成梧、国吉真現、高良三郎、高山悟の四氏が発起人となり、音楽家、劇団人、舞踊家やその道に造詣の深い人々四十七名を委員にあげ二月一日午後一時から清風で設立総会を開催、古典芸能保存の第一歩を踏み出すこととなった。なおこの事業を発展させるためには流派的偏見に支配されない真に和やかなふん囲気の中に会の機能を発揮することが主要条件とされ委員もその線に副って人選がなされた模様である」と報じた。また二月二日付け『沖縄タイムス』は「琉球古典芸能保存会の創立委員は四十余名が那覇市料亭清風に参集して開催され規約、役員及び会運営について決定、いよ〳〵流派を超越し大同団結して発足することになった。／同会は古典芸能の研究保存を始めその普及宣伝、師範の免許制度確立の促進を目的として芸能会館建設、古典芸能大会や講習会、座談会などを開催し祖先の残した古芸術の高揚にも活躍するもので全琉の同好者で組織、古典音楽部、古典劇及び舞踊部の二分に分れ、各地区には支部を置くことになっており広く会員を募ることになっている」と報じていた。そして二月十五日付け同紙は「沖縄芸能保存会では昨秋、東京に於て文部省主催の芸能祭に参加し東都一流芸能団と競演し惜敗したが、かえって斯界の権威者並に文部大臣に認められ激励の嵐の中から立上がり今秋を期して必ず大臣賞を獲得し渡嘉敷守良、池宮城喜輝両師匠の晩節をかざり、あわせて琉球の一大巨匠玉城朝薫、屋嘉比朝奇の霊に応えその偉業をすべく決意し去る一月二十二日会長比嘉良篤氏宅に本年初の会合を開催、本年の保存運動の運営方向につき論議したが来る五月下旬読売ホールで第三回公演の幕をあけ「組踊森川の子」を上演して広く世に問う事に決定した（沖縄新民報）」と報じていた。

一九五〇年になると、沖縄芸能保存会の活動が一段と活発になっていく様子が新聞記事から窺えるが、『おきなわ』の「芸能特集」号は、沖縄のそのような動きと無関係ではなかったはずである。そしてそれは「琉歌集」（第二十号）、「民謡集」（第二十四号）そして「組踊名作集」（第二十八号）といった特集への流れを作っていったといっていいであろう。

『おきなわ』が、幅のある雑誌作りを指向していたのは、日常生活の身近にある「民謡集」を特集している点にも現れていた。そしてその線を、一層鮮明にしたのに「ハワイ特集」号があった。

第九号「芸能特集」は、「次号予告」として「ハワイ特集」号の目次を掲載し、「編集後記」でも次号は「ハワイ特集」とし「布哇郷友十余氏に健筆をふるっていただくことにしました。原稿も大半到着、頁数も百頁内外の倍大号にしますから御期待下さい」と記しているように、『おきなわ』は、その誌面をハワイへと広げていく。

第十号は、「予告」通り「ハワイ特集」になっている。「ハワイ特集」が組めたということは、『おきなわ』の創刊号がハワイでも反響を呼んだこと（第一巻第三号「編集後記」）、玉代勢法雲が、ハワイ各地で雑誌の宣伝をしている（第一巻第六号「編集後記」）といったことも無縁ではなかったであろうが、第一番には、戦後の沖縄復興に尽力したハワイ同胞の活躍振りを沖縄の人々に広く知らせたいという意図があったに違いない。そしてあと一つには、米国州内に住む沖縄県系人が、どのように米国と向かい合って暮らしているか、といった関心もあったであろう。米国の占領下にある沖縄の人々に、ハワイの声は、何らかの示唆を与えてくれるのではないか、と思ったとしても不思議ではないからである。

沖縄からの移民が、ハワイの地に第一歩を印したのは、一九〇〇年一月。二十世紀の開幕と共に始まったハワイへの移民は、他県に遅れたこともあり、苛酷な労働とともに偏見や差別にさらされていく。そのような中で、沖縄の移民たちは、少しずつ生活の基盤を築き上げていく。そして、第二世代を迎え、各方面で活躍するものたちが登場、重要な地位を確保していく。

戦後、ハワイ在住沖縄県同胞は、沖縄戦で無一物になった沖縄を救援するために立ち上がり、衣服、医療品の送り出し、さらには豚、山羊の輸送に奔走する。

「ハワイ特集」号の執筆者は、沖縄の戦後復興に尽くした錚々たるメンバーからなっていた。彼等は、ハワイ移民の初期から沖縄救援運動までの歴史をはじめとして、二世たちの活躍振りを報じていた。「ハワイ特集」号によって、ハワイの沖縄県系人の活動振りを知ることになった読者も多くいただろうし、あらためてハワイへの関心を沸き立たせた読者も多かったに違いない。

「ハワイ特集」号に登場した執筆者が、ハワイの沖縄県系人を代表する言論人であることは言うまでもないが、もちろんその他にも多くの知名人はいた。また原稿を寄せた人々が触れ残していた大切なことがいくつもあった。例えば、比嘉太郎や比嘉武二郎といった沖縄に上陸してきた沖縄系兵士たちの、沖縄口による投降呼びかけで、多くの住民が救われたといったようなことや、沖縄戦で捕虜になった沖縄出身兵士たちがハワイに送られホノウリウリやサンド・アイランドの捕虜収容所に収容されていたこと、そこに沖縄系ハワイ在住者が面会に訪れ、彼らを励ましたといった件などである。

「ハワイ特集」は、沖縄戦と関わる大切な件で、幾つか触れ残したこともあるが、戦後の沖縄に、ハワイの声を届けた大切な一冊になったことは間違いない。

『おきなわ』は、「民謡集」や「ハワイ特集」といった一般に歌われている歌や、海外の沖縄県系人たちの活動を紹介する編集をしていくとともに、沖縄に尽くした人々の顕彰に力をいれているが、それをよく示したのに追悼号がある。第十三号「故人追悼特集」は、その一つで、続編「故人追悼特集―第二集」（第十六号）とともに、沖縄の歴史を彩った人々を取り上げていた。さらに、「島袋源七氏追悼号」（第二十七号）、「金城朝永氏追悼特集」（第四十五号）といったように、『おきなわ』への寄稿者であった沖縄研究者たちを偲ぶ特集もしていた。

島袋源七の死もそうだが、とりわけ金城朝永の死は、『おきなわ』にとって大きな痛手になったといっていい。『おきなわ』の終刊は、金城の死が引き金になったと思われるほどに、彼の尽力には大きなものがあった。

第十四号「婦人特集」は、関東一円に住む沖縄出身女性たちの随想を集めたもので、第十七号の「児童・生徒号」とともに、戦後を実感させる特集であった。戦後、女性たちの発言が力を増してきたとはいえ、発言する機会も、表現する機会もそう多かったとは言えないからで、女性たちの声を集めたのは大きな意義のあることであった。『おきなわ』が、いかに開明的な雑誌であったかを示す一つであるかと思うが、それはまた「あけぼの会員」が大きな勢力をもっていたことを語るものでもあった。巻末に附された「あけぼの会員住所録」をみると、こんなに多くの沖縄出身者が東京一円にいたのかと、驚きを新たにしたのも多かったはずである。

第十四号に続けて、第十五号は「領土問題」を特集していた。『おきなわ』は、「沖縄の帰属問題」が沸騰するなかで創刊された雑誌であった。創刊号の「巻頭言」は、「帰属問題」は、「講和条約」が締結される『その時』がくるまで、待つべきであるとして、政治的発言を極度に抑えたかたちのものとなっていた。五一年九月対日平和条約が調印され、沖縄の地位が決定し、米国の信託統治制度下に置かれることになったとはいえ、潜在主権は日本にあることを認められたことで、特集号の論考は、「日本復帰」を前面に押し出したものが並べられた。

「沖縄の帰属問題」をめぐっては、さまざまな論議が沸き起こっていた。中野好夫、新崎盛暉『沖縄戦後史』は「五一年二月になると沖縄でも、人民党のよびかけで四政党が超党派的に帰属問題に対処するための協議が二回にわたって行なわれた。しかし、社大党と人民党は即時日本復帰を、共和党は独立を、社会党はアメリカの信託統治を主張して、統一見解はえられなかった。そこで社大党と人民党は三月一八日、それぞれ党大会を開いて日本復帰運動の推進を決議した。翌一九日、沖縄群島議会は、長時間の討議のすえ、一七対三（反対は共和党、社会党は議席なし）で日本復帰要請決議を行った。／四月二九日には、社大・人民両党に民主団体を加え、琉球日本復帰促進期成会が結成された。これとは別に、沖縄青年連合会や社大党の青年部である新進会などによって日本復帰促進青年同志会も結成された。そしてこの復帰期成会と青年同志会の手によって、地域懇談会や満二〇歳以上の住民を対象とする署名運動が組織され、約三カ月で対象住民の七二・一％にあたる一九万九〇〇〇人の署名を集めた。宮古群島でも同じような署名運動が行なわれ、五日間で対象住民の八八・五％、三万三〇〇〇人の署名を得た」と書いているように、独立論、アメリカの信託統治といった主張も見られた中で、全体としては即時日本復帰に世論は動いていたことがわかる。『おきなわ』の主張も、その線にそったものであった。

『おきなわ』が、戦前の懐かしい沖縄に関する随想を毎号満載していたことからすると、「日本復帰」ではなく、沖縄独自の道を探ろうとしたのではないかとも考えられるが、それはなかった。

日本復帰論が勢いを増していく中で、創刊当初からそれとなく日本復帰を望んでいたといっていい『おきなわ』が注目を浴びる雑誌になっていったことは間違いない。「沖縄現代史号」（第十八号）

は、日本復帰の声が高くなっていく中で企画されたものであるが、掲載された論考が前年（一九五一年）の秋「外務省で開いた講座の講演を収録したもの」であったことからわかるように、「日本復帰」と関連していたことは想像するに難くない。

『おきなわ』の特集号は、第二巻第二号・通巻第九号「芸能特集」号に始まり、第四十五号「金城朝永氏追悼特集」まで十四冊に及び、雑誌を特色づけるものとなっていたが、その他で目立った編集といえば「座談会」を上げることが出来よう。

座談会記事が掲載されるようになるのは一九五二年の第十九号からである。同号には「教育座談会」と共に「婦人座談会」が掲載されていた。前者は三月三十日熊本市の水前寺荘で、後者は三月二日渋谷のホテル京香で行われていた。

「教育座談会」が熊本で行われたのは疎開学童たちと関わる問題の検討が必要だとする認識があったことによるだろうが、「婦人座談会」は、第十四号の「婦人特集」号が好評であったことによるものであった。

その後第二十二号「川崎有志座談会」、第二十六号「関西実業人座談会」、第三十三号「ハワイのうつりを語る座談会」と続いていったのは、座談会の持たれた場が、沖縄の出身者が多数在住していた地域であることからわかるように、参加者を募るに容易であったことによるであろう。そしてそこには雑誌の販売網を広げていく戦略も多分にあった。

『おきなわ』は、特集や座談会といった沖縄の歴史や文化を深めていくといった方針とともに販売戦略のための編集といった一面も当然あったといっていいが、雑誌の代表的な執筆陣ということになると、圧倒的に東京在住の沖縄出身者が占めていた。

第一巻第一号を見るだけでそれはすぐにわかる。

第一巻第一号から第三号にかけて登場した代表的な執筆者とその論考、随想等の題目をあげていくと、

1、東恩納寛惇

「蔡温」第一号、「漢那さん」第五号、「十七八節について」第七号、「真境名笑古」第十三号、「外間現篤」第十九号、「真玉橋」「比嘉盛章君を憶ふ」第二十三号、「島袋源七君を哀しむ」第二十七号、

2、宮良当壮

「八重山のはなし」第一号、「琉球訪言巡島抄記」第八号、「島は切れても言葉はつながる」第十五号、「琉球織物の権威田中俊雄君の業績」第二十九号、「学徒の厳しき試練―日本最大の方言書を生み出す苦悩―」第三十六号、「学位論文「琉球諸島言語の国語学的研究」の概要」第三十七号

3、島袋盛敏

「首里を思う」第一号、「アベック老いらくの恋―風俗史考」第七号、「著書紹介、比屋根安定君の随筆集『神仏の微笑』を読む」第九号、「麦門冬を語る」第十三号、「転居記」第二十一号、「民謡集『まえがき』」第二十四号、「組踊随想（各編）」第二十八号、「七星会回想記」第四十五号

4、比屋根安定
「わが父を語る」第一号、「あの頃の馬顔公子」第三号、「あの頃の仲吉良光」第五号、「あの頃の伊波、東恩納文学士」第六号、「比嘉保彦と佐久原好傳」第十三号、「禁酒とキリスト教」第十七号、「踏花共惜少年春（明治三十五年冬―四十三年春）」第二十一号、「波上の眼鏡ベッテルハイム」第二十九号、

5、伊江朝助（七流老人、函呉夫）
「回顧四年」第一号、「琉球こぼれ話」第三号、「琉球こぼれ話」第四号、「琉球こぼれ話」第五号、「琉球こぼれ話」第六号、「琉球こぼれ話」第八号、「琉球こぼれ話」第九号、「琉球こぼれ話」第十一号、「琉球こぼれ話」「潮東・大田さんを憶う」第十六号

6、仲原善忠
「沖縄文化の過去と将来」第二号、「―石垣島事件―郷土兵戦犯減刑運動報告書」第三号、「江戸に於ける沖縄芸能の実演」第九号、「巻頭言」第十一号、「佐喜眞興英の業績について」第十三号、「沖縄現代政治史」「沖縄現代産業・経済史」第十八号、「私たちの小学時代」第二十二号、「源七君との最後の仕事」第二十七号、「宮古島武勇談」第三十四号、「金城朝永校訂『沖縄法制史』」第三十五号、「沖縄とびある記」第三十八号、「ペリー提督の手紙―附オランダいものこと」第四十四号、「弔辞」第四十五号、「おもろさうし返還始末記」第四十六号

7、金城朝永

「寄合の町―那覇風物詩の一節」第二号、「東恩納先生の『南島風土記』を勧める」第六号、「沖縄現代史序説」「沖縄現代史資料及研究文献」第十八号、「東恩納寛惇先生の『童景集』を勧める」第二十二号、「十三祝と年日―沖縄の成年式と誕生祝について」第二十五号、「最近の沖縄研究の傾向と情勢―琉球研究史の一節―」第二十六号、「新刊紹介　玉代勢法雲『遠慶宿縁』仲原善忠『琉球の歴史』「マストの上の怨霊」(天久金四郎)「愛蔵の銀簪」(知念辰男)、第三十号、「「琉球語」という名称に就いて―附説・琉球の語源」第三十一号、「琉球の歴史と文化」「沖縄に関する文献」第三十二号、「新刊紹介　桑江良行著『校訂・沖縄語の研究』」第四十号、「新刊紹介　仲地吉雄『憂愁の郷土・沖縄を想う』」第四十一号、「琉歌の起源について―琉球文学史の一節―」第四十二号、

8、比嘉春潮

「ありし日の中頭」第三号、「ハワイ特集号を読んで」第四号、「野村流工工四編集の経緯」「著書紹介仲原善忠の新著『おもろふし名出所索引』」第十二号、「仲吉朝助氏」第十三号、「沖縄現代社会・風俗史」「沖縄歴史略年表」第十八号、「琉歌概説」第二十号、「書評　仲原善忠氏の『琉球の歴史』の発刊を喜ぶ」第二十六号、「組踊概説」第二十八号、「書評　湧川清栄著『当山久三伝』」第三十五号、「甘蔗栽培制限に関する一史料」第三十八号、「金城朝永君を惜しむ」第四十五号

9、奥里将建

「最高峰時代の沖縄文学」第三号、「電力と沖縄文化」第六号、「何故に沖縄は日本に復帰せねばならないか」第十五号、「宜湾朝保の思想的背景」第十六号、「偉い人とはどんな人を言うか」第十七号、「国

際的教養の高さ」第二十二号、「惣慶忠義と平敷屋朝敏―平敷屋事件の真相は何か―」第二十三号、「王女奈美と瀬名波雲齊」第三十一号、「沖縄の厄年信仰は平安朝系」第三十六号、「最後の面会になった初対面」第四十五号、「葱花輦上の尚真王母」第四十六号

といったようになる。

『おきなわ』の創刊号から第三号までの顔ぶれを見ると、沖縄文化協会の会員と重なっていることがわかる。

沖縄文化協会が、一九七〇年五月に刊行した『沖縄文化叢論』は「昭和二十三年十一月から昭和二十八年二月まで、満四カ年三カ月に亘って刊行された月刊『沖縄文化』(後、『文化沖縄』と改題)の復刻重版」であるが、そこに収録された論考の執筆者を見ていくと東恩納寛惇、比嘉春潮、仲原善忠、金城朝永、島袋源七、島袋盛敏、奥里将建、宮良当壮、真栄田勝朗、見里朝慶、柳田國男といったようになる。柳田國男を別にすれば、彼らは、それぞれに『おきなわ』の主要メンバーであった。比嘉春潮は「『沖縄文化』覚え書」で「昭和二十年（一九四五）六月沖縄戦が終って、その十一月十一日東京に沖縄人連盟が結成された時、私もその発企人のひとりであった。その翌々二十二年(一九四七)の八月十五日芝労働会館で連盟総本部の部長会議が開かれたとき、言語文学部の宮良当壮氏、民族史学部の島袋源七氏、宗教部の比屋根安定氏が連盟内に沖縄文化協会なる部局を置くことを決定し、宮良氏がその会長格をつとめることになった」と書いていたが、『おきなわ』は、「沖

縄人連盟」のメンバー、とりわけ「沖縄文化協会」のメンバーを後ろ盾にして創刊されたと考えられるほどである。

「沖縄文化協会」の上部組織である「沖縄人連盟」は、松本三益の発案になるものであった。松本が、伊波普猷を会長に押し立てて「沖縄人連盟」を結成しようと、比嘉春潮の所へ相談にきたのは一九四五年の十月頃で、松本は大浜信泉に、比嘉は伊波普猷と比屋根安定に話し、松本を除く伊波、比屋根、大浜、比嘉の四人を発起人代表にして発足する。発案者の松本が発起人代表からはずれているのは、「彼が左翼であることはみんなに知られて」いて、「人びとにいらざる懸念を与えてはならないと思ったからである」と比嘉はいう。

比嘉は、「連盟を作る目的」として「本土在住の沖縄出身者が郷里にいる生存者を知ること、至急の通信交換および金銭や救援物資の送付ができるようにすること、沖縄戦の実相を知ることの三つが主であった」といい、総務委員に伊波普猷、比屋根安定、大浜信泉、永丘智太郎、比嘉春潮、幹事に仲原善徳、松本三益、山城善光が選ばれて出発したものの、内紛等さまざまな確執が起こるといったような紆余曲折を経て、会長に仲原善忠、副会長に伊元富弥、幸地長堅、仲村隆夫といった体制が出来上がったころ、「文化活動の機関として、沖縄文化協会」が出来て、仲原善忠、宮良当壮、島袋盛敏、島袋源七、崎浜秀明、比嘉春潮が同人となり、「一九四七年八月十日、芝の労働会館で発会式をあげ、沖縄文化の研究紹介、沖縄文化資料の複製・収集・刊行、他の沖縄文化研究者との連絡・協力を行い、もってその復興発達に寄与したいと宣言」し、一九四八年十月十日、「ガリ刷り四六倍判（週刊誌大）四ページの新聞型」で『沖縄文化』を発行、六号まで同体裁、七号から菊判で頁を十頁、二十頁、三十頁と増やし、一九五〇年四月第十六号から会報名を「文化沖縄」に変更する（比嘉「年月とともに」）。

『おきなわ』が創刊されたのは、『沖縄文化』が『文化沖縄』に改題して刊行された時であったのは偶然だが、「沖縄文化協会」のメンバーは、『おきなわ』の重要なメンバーになっていく。そして、研究論文を『沖縄文化』に、時事問題に関する件や随想類は『おきなわ』にといったかたちで発表していたのである。

『おきなわ』は、沖縄文化協会のメンバーが主要な執筆者であったが、彼らとともに、多くの女性たちの原稿を掲載していた。一号に登場した金井喜久子、矢野克子を始め、城間えみ子、見里春（第二号）、比嘉栄子（第四号）、島袋愛子（第五号）、遠山静江、徳田（第六号）、伊波冬子（第八号）そして「婦人特集」号に登場した瀬長佳奈、与儀美登、金城芳子、上江洲芳子、尚猷子、前原蔦子、永田美津、比嘉光子、親泊おとといった面々がそうである。『おきなわ』が、多くの女性たちの原稿を集めることができたのは、東京には高学歴の女性たちが、集まっていたということを証していよう。

『おきなわ』への寄稿者は、東京在住の沖縄出身者で歴史、文学、言語、民俗、宗教関係の沖縄研究者が中心であったとはいえ、沖縄出身者だけが寄稿していたわけではない。また人文関係の研究者だけが寄稿していたわけでもない。

創刊号の「編集後記」は、そのことに関して、同号の執筆者は「在京の方に局限されましたが、号を追って広く日本・沖縄・海外の同胞の方々にも執筆を御依頼いたす一方、単に郷土出身の方に止らず、広く沖縄に関心を寄せる人々にも御願い致す予定であります」と述べていた。その言葉通り『おきなわ』は、沖縄に住んだ経験のあるものや、沖縄に関心をよせたものたちの原稿を掲載していたし、それは、号を追うに従って、多くなっていった。

その中で「沖縄産貝類考」や「沖縄糖業沿革史」を連載しただけでなく、早野斐州のペンネームで短歌を発表した早野参造、沖縄の芸能に関心を寄せ「神奈川県指定無形文化財になる迄の沖縄芸能」を寄稿した古江亮仁、沖縄の方言を収録するため沖縄を訪れて各地を歩き「沖縄収録紀行」を書いた矢成政朋といった人々の寄稿が眼につく。彼等の論考、随想、紀行を掲載することによって、雑誌は多彩になっていったといえるし、さらに城間えみ子、比嘉栄子、島袋愛子、遠山静江、伊波冬子、上江洲芳子、井伊文子、神山南星といった歌人たち、矢野克子、山之口貘、伊波南哲、仲村渠といった詩人、数田雨条、遠藤石村および彼の選で登場した俳人たち、石野径一郎、宮城聡、火野葦兵、島尾敏雄といった小説家さらには譜久原朝喜の民謡といった有名、無名の作家たちの作品を掲載したことでさらに広がりをもっていったといえよう。

『おきなわ』が創刊された前の年の一九四九年、シーツ少将の計らいで沖縄を視察したタイム誌の記者フランク・キブニーは、「沖縄―忘れられた島」と題した記事の中で「沖縄人はその苦しい生活を闘牛の如き簡単な娯楽でまぎらわす暢気な国民である。彼らは米国人が好きで、沖縄が米国の属領になることをはっきりと望んでいる。沖縄人は六十年以上の長い間沖縄人を田舎者としてべっ視した日本軍や日本商人によって搾取されてきた。米軍が上陸して来て沖縄人に食糧と仮小屋を与えた時、彼等は驚き且つ喜んだ」と書いていた。

フランク・キブニーの記事は、「沖縄は米国陸軍の才能のない者や除者の態のよい掃きだめになっていた」といったように、沖縄での米軍兵士による犯罪の多発とともに沖縄の占領統治にあたった陸軍の無能さを批判することも忘れていないが、それだけに、沖縄人が「米国の属領になることをはっきりと望んでいる」といった断言は多くの沖縄人、とりわけ「内地」在住の沖縄人を驚かせたに違いない。そして、そのような言葉が一人歩きしはじめるのを憂えたはずである。

『おきなわ』は、キブニーの記事に衝撃を受けて創刊されたとはいえないまでも、「沖縄が米国の属領」になることがないよう願って創刊されたことは間違いない。

一九四九年十月、中華人民共和国の成立による沖縄基地の強化、一九五〇年六月の朝鮮戦争の勃発によるさらなる基地の強化といったように、沖縄が要塞化していくなかで、『おきなわ』は創刊され、五五年まで継続していく。

一九五二年からは「沖縄の暗黒時代とよぶことができる」（中野、新崎『沖縄問題二十年』）という。『おきなわ』は、そのような状況に風穴をあけるほどの大きな力を持つことは無かったといっていいだろうが、創刊号の「編集後記」で「沖縄、日本、或は海外にあって郷土の再建をひたすら祈り、各々その立場々々から力をつくしている人々の心の慰めとなり、力の泉たらんことを期して」いると述べていた通り、わずか六年の間であったとはいえ、沖縄の人々に、「心の慰め」となる声を送り続けた雑誌であったということはできるであろう。

# 後記

本書の表題を「沖縄文学の沃野」とした。

その後で気付いたことだが、このシリーズのきっかけとなった最初の小論集の表題が「沖縄文学の諸相」であった。

「諸相」で始め「沃野」まで来た。考えてみると「諸相」も「沃野」も、その意味するところは同じで、沖縄の文学が、いかに豊饒であるか、ということであった。

その豊饒さに導かれるようにして、ここまでこれた。幸運だったというべきであろう。

収録した小論の初出は次のとおりである。

1　詩歌の章

1新しい美意識の登場——明治琉歌の見出したもの　『沖縄文化研究42』二〇一五年三月三十一日、法政大学沖縄文化研究所。

2摩文仁朝信の琉歌——『琉歌大観』収録歌をめぐって　『沖縄文化　第一二二号』二〇一八年三月、沖縄文化協会。

Ⅱ　散文の章

1ヤマトゥグチ表現を彩ったウチナーグチ　『琉球諸語と文化の未来』二〇二一年三月二十四日、岩波書店。

2散文に描かれた首里グスク　『首里城を解く』二〇二一年九月三十日、勉誠出版。

3沖縄の小説作品に登場してくるジュリ（尾類・遊女）たち　『沖縄の文化表象にみるジュリ（遊女）の諸相』二〇一六年三月、琉球大学　大学教育センター。

Ⅲ　書簡の章

1新進作家の自負と苦悩――宮城聡書簡、昭和九年〜昭和十八年　『日本東洋文化論集　第十九号』二〇一三年三月、琉球大学法文学部。

2ハワイの収容所で書かれた捕虜たちの手紙　『琉球アジア文化論集』二〇二〇年三月、琉球大学。

Ⅳ　劇作の章

1歌劇「中城情話」をめぐって　『創立三十周年記念誌　琉球歌劇の世界』二〇二〇年、令和二年沖縄文化芸術を支える環境形成推進事業。

2「ひめゆり」の読まれ方――映画「ひめゆりの塔」四本をめぐって　『日本東洋文化論集　第九号』二〇〇三年三月、琉球大学法文学部。

V　月刊雑誌・同人誌の章

1『闘魚』の詩人たち――「一九三〇年前後の沖縄詩壇」補遺　『琉球アジア文化論集』二〇二二年三月、琉球大学人文社会学部。

2解題『THE　OKINAWA　おきなわ』二〇一五年一月三十日　不二出版。

池宮紀子さんには、「諸相」から「沃野」まで、長い間、お世話になった。記してお礼を申し上げたい。

二〇二三年　仲程昌徳

著者略歴
仲程 昌徳（なかほど・まさのり）

1943 年 8 月　南洋テニアン島カロリナスに生まれる。
1967 年 3 月　琉球大学文理学部国語国文学科卒業。
1974 年 3 月　法政大学大学院人文科学研究科日本文学専攻修士課程修了。
1973 年 11 月　琉球大学法文学部文学科助手として採用され、以後 2009 年 3 月、定年で退職するまで同大学で勤める。

主要著書
『山之口貘―詩とその軌跡』（1975 年　法政大学出版局）、『沖縄の戦記』（1982 年　朝日新聞社）、『沖縄近代詩史研究』（1986 年　新泉社）、『沖縄文学論の方法―「ヤマト世」と「アメリカ世」のもとで』（1987 年　新泉社）、『伊波月城―琉球の文芸復興を夢みた熱情家』（1988 年　リブロポート）、『沖縄の文学―1927 年～ 1945 年』（1991 年　沖縄タイムス社）、『新青年たちの文学』（1994 年　ニライ社）、『小説の中の沖縄―本土誌で描かれた「沖縄」をめぐる物語』（2009 年　沖縄タイムス社）。『宮城聡―『改造』記者から作家へ』（2014 年）、『雑誌とその時代』（2015 年）、『沖縄文学史粗描』『沖縄文学の一〇〇年』（2018 年）、『ハワイと沖縄』（2019 年）、『南洋群島の沖縄人たち』（2020 年）、『沖縄文学の魅力』『ひめゆりたちの春秋』（2021 年）、『沖縄文学史の外延』『続ひめゆりたちの春秋』（2022 年）、『ひめゆりたちの「哀傷歌」』（2023 年）以上ボーダーインク。

# 沖縄文学の沃野

2023 年 6 月 23 日　初版第一刷発行

著　者　仲程　昌徳

発行者　池宮　紀子

発行所　ボーダーインク
〒 902-0076　沖縄県那覇市与儀 226-3
電話 098（835）2777　fax 098（835）2840
http://www.borderink.com

印刷所　でいご印刷

ISBN978-4-89982-447-3